敍事詩東明王篇

黃淳九著

明文堂

서(序)

서사시 「동명왕편(東明王篇)」은 우리 문학사에서 매우 중요한 자리를 갖고 있다. 어느 나라에 있어서나 서사시대(敍事時代)가 있은 다음에 소설문학이 나오게 되어 있는데 우리 문학사에서는 이 서사시대가 빠져있는 느낌이 있었다. 그것은 고유문자인 「한글」의 역사가 짧았기 때문인데 우리의 문학은 한자문학까지를 포함시켜야 문학사의 공백을 메울 수가 있다.

다행히 「한글」 이전에 한자로 지어진 「동명왕편」은 이 공백을 차지하는 중요한 문화유산이기 때문이다.

황순구(黃淳九) 박사는 일찍이 이 서사시에 관심을 갖고 「제왕운기(帝王韻紀)」「동명왕편(東明王篇)」「이십일도회고시(二十一都懷古詩)」「해동죽지(海東竹枝)」 등 한문 작품을 번역 출판하여 학계에 공헌한 바 크다. 황순구 박사는 시인(詩人)이다. 한문을 많이 읽은 까닭에 그의 시(詩)는 구수하고 무게가 있다. 한문서사시를 번역함에 있어서도 한시(漢詩)가 가지는 무게와 한글시의 가락을 잘 조화시켜서 정말 우리의 전통시의 현대적인 새 맛을 돋보이게 했다.

이번에 그는 서사시 「동명왕편」을 이론적으로 체계를 세워 우리의 서사문학을 새롭게 분석한 역저(力著)를 내게 되었다. 이미 저자는 서사시 「제왕운기」를 비롯한 한문서사시를 번역하는 기초 작업을 거쳐서 이를 이론적으로 천착한 이 업적은 바로 사계(斯界)에 커다란 수확이 아닐 수 없다.

선초(鮮初)의 문장가인 사가(四佳) 서거정(徐居正)은 백운거사(白雲居士) 이규보(李奎報)를 「동방(東方)의 시호(詩豪)」라고 평했다. 이규보는 많은 시와 수필을 남겨놓은 여조시대(麗朝時代)에 이름난 문인이었다.

그 가운데에서도 서사시 「동명왕편」은 우리 문학사에서 불우의 명작으로 빛나는 작품이다. 이 시호(詩豪)의 서사시를 시인(詩人)이 새로 연구하는 것은 정녕 의의가 깊다. 한시(漢詩)에 조예가 깊고 시(詩)를 알고 또한 고전문학을 전공한 중후한 중견학자인 저자가 펴낸 이 저서는 원작자가 원하던 저자임에 틀림없을 것이다.

한때 우리 학계에서는 산적한 한자문학을 우리 문학이 아니라는 주장도 있었다. 만일 그렇게 된다면 우리의 문학사는 몇천 년의 공백이 생기게 된다. 따라서 서사시 「동명왕편」도 우리 문학사에서 제외되어야 한다. 그러나 「한글」이 나오기 전에 나온 이 서사시는 응당 우리의 문학이요, 이미 말한 바와 같이 서사시 시대를 있게 하는 금자탑이 아닐 수 없다.

이제 이 불후의 작품이 유능한 후계자를 얻어 새롭게 현대인에게 읽히게 된 것을 진심으로 경하해 마지않는다.

1992 년 1월 장덕순

자서(自序)

* 282구(句) 1,410자(字)로 된 오언(五言)의 서사시(敍事詩)인 이규보(李奎報)의 동명왕편(東明王篇)은 최초의 장편 서사시라는 점에서 우리 문학사에 주목의 대상이 되어 왔다.

세계문학의 보편적 논리로 볼 때 여조시대(麗朝時代) 훨씬 이전에 이미 구비문학(口碑文學)의 형태로 서사시가 민간에 전승(傳承)되어 왔어야 한다는 이론은 희망적인 바램일 뿐 현실은 아니다. 문자화 된 기록으로 설명하는 한 우리 문학사에서 서사시의 양식을 처음 시도한 것은 이규보에 의해서였다. 따라서 젊은 이규보가 당대 상황과 문화를 배경으로 새로운 서사 양식을 시도하였다는 점에서 그 문학사적 의의는 사뭇 크다고 하지 않을 수 없다. 사라져간 왕국의 민족영웅을 탁월한 서사시 형태로 형상화하여 조소(彫塑)하는데 성공함으로써 이 땅의 서사문학사(敍事文學史)에서 그는 불멸의 금자탑을 세웠다고 할 수 있다.

본고(本考)에서는 서사시에 대한 보다 정확한 개념을 설정하고 국내업적을 분류 검토한 기초위에서 동명왕편에 창작 동기와 사회 역사적 배경, 문예양식(文藝樣式)의 수용, 그리고 문예적(文藝的) 가치와 구성원리를 파악하고 항차 한국문학사에서 동명왕편을 통한 서사양식의 개념을 파악하고 서사시의 생성에서 소멸에 이르는 장르의 운명을 추적할 수 있는 근거를 제시하고자 하였다.

그러나 당초의 의도와는 달리 지극히 의욕과 자부심은 컸으나 천학(淺學)에 척촌(尺寸)의 진전이 있다하여 분수없이 감히 치켜들고 나오게 됨에 원작자에게 조금이라도 홍모(鴻毛)의 누(累)라도 끼치지 않을까 두려울 뿐이다.

지금 돌이켜 생각해보면 서사시에 대한 관심을 가지게 된 것은 25여년이 훨씬 넘었다. 서사시를 연구하기 위해서는 먼저 시의 본뜻을 짚어 작품을 새로이 섭렵하고 분석 평가하기 위해서는 원운(原韻)의 주석(注釋)과 해석을 곁들여 보고자 했던 첫 시도로 「해동운기(海東韻記)」라는 제하(題下)에 이승휴(李承休)의 제왕운기(帝王韻記), 이규보(李奎報)의 동명왕편(東明王篇), 유득공(柳得恭)의 이십일도회고시(二十一都懷古詩), 최영년(崔永年)의 해동죽지(海東竹枝) 등을 묶음으로 하여 1970년에 청록출판사(靑鹿出版社)에서 상재(上梓)한바 있다.

이 또한 원작자에 대해 죄송할 뿐 초라한 모습에 주석서(注釋書)가 된데 대한 자괴(自愧)의 염(念)을 금할 수 없었다. 이점 많은 질책(叱責)이 있기를 바란다. 닦고 또 갈아서 후일의 보정(補正)을 약속한다.

이 출항(出航)을 위해 과분한 서문(序文)을 써주신 장덕순(張德順)교수님, 제자(題字)를 써 주셔서 책을 빛내주신 이가원(李家源)교수님께 감사드리며, 온갖 어려움을 무릅쓰고 이 글을 어엿한 책으로 만들어 준 명문당 김동구 사장님께 감사를 드린다.

저자(著者) 식(識)

목 차

제자(題字) 이가원(李家源)
서문(序文) 장덕순(張德順)

Ⅰ. 서론(緖論)

서사(敍事) 문예양식의 변천사에서 신화(神話)나 전설(傳說)과 같은 구비전승(口碑傳承)을 문학 선사시대의 것이라 한다면 영웅 서사시(敍事詩)는 특정한 형태를 갖추고 문자화되었다는 점에서 본격적인 문학사의 새 장을 연 장르가 된다. 서사시는 기록문학(記錄文學)의 서장(序章)을 담당하기에 문학사 내지 문학사의 획기적인 쾌거로 치부될 수 있는 것이 바로 규범과 양식을 문화의 일반적 속성으로 삼는 보편적 특성을 갖추고 있기 때문이다. 구비문학은 민속이나 신화와 같은 전래적인 것과의 깊은 유대 속에서 나름대로 민간에서 특유한 전통의 맥을 이어왔지만 예술이 본질로 삼는 양식의 변화를 찾아내어 그 사적전개(史的展開)를 추정하기란 지극히 어려운 일이다. 삶의 양식적 표현이니 시대정신의 표출이니 하는 정신사의 일환으로서의 고급한 문학의 범주 속에 포용시킬 수 없는 소이가 바로 여기에서 비롯된다고 할 수 있다. 그러므로 서사시는 문자로 기록되었을 뿐만 아니라 단순한 구비전승이 아닌 문예양식을 후세에 전하고 있다는 면에서 문학의 역사시대로 돌입하는 계기를 마련하였다고 볼 수 있다. 그러나 서사시가 내용으로 삼고 있는 이야기는 전적으로 독창적인 새로운 이야기는 결코 아니다. 그것은 한 종족(種族)이나 민족 간에 전통적으로 전승된 이야기를 새로운 양식으로 재화(再話)할 따름이다. 따라서 구비전승과 서사시와의 차이는 규격화된 문자의 틀을 갖추었는가 하는 형식의 문제에 우선 국한시킬 수 있다.

세계문학의 보편적 논리로 볼 때 고려시대 훨씬 이전에 이미 구비문학의 형태로 서사시가 민간에 전승되어 왔어야 한다는 이론은 우리의 상고문학에서 희망적 바램일 뿐 현실은 아니다. 문자화된 기록을 가지고 설명하는 한 우리의 문학사에서 서사시의 양식을 처음 시도한 것은 이규보에 의해서였다 함은 이미 주지(周知)의 사실이다. 그가 "구삼국사(舊三國史)"를 바탕으로 서사시 "동명왕편"을 작시(作詩)할 수밖에 없었던 심정 토로에 즈음하여 "세상에서 동명왕(東明王)의 신이(神異)한 일을 많이들 말하며 비록 어리석은 사람들이 제법 그 일들을 이야기한다."라고 할 때 그 이야기가 세간에서 어떠한 형태로 줄기차게 전수되어 왔는지 추정할 길이 없다.

그러나 여기에서 간과할 수 없는 부분은 "세다설 동명왕 신이지사(世多說 東明王 神異之事)"의 기술이다. 세다창(世多唱)이나 세다가(世多歌)이니, 더욱 세다음(世多吟) 세다영(世多詠)이 아닌 것으로 미루어보아 어떤 민간전승의 노래형태나 고대 음유시인(吟遊詩人;Bard)에 의한 음영(吟詠)의 방식으로 전수되어 온 것이 아님이 분명하다. 그러므로 문자 그대로 이야기 형태로 전하여 왔다면 오늘날 그것을 민간설화 이상의 것으로 추정하기는 어려운 설정이다. 그러나 젊은 이규보가 당대적 상황과 문화를 배경으로 새로운 서사 양식을 시도하였다는 점에서 그 문학사적 의의는 자못 크다하지 않을 수 없다. 사라져간 왕국의 민족영웅을 탁월한 서사시 형태로 형상화하여 조소(彫塑)하는데 성공함으로 이 땅의 서사문학사에서 그는 불멸의 금자탑을 세웠다고 할 수 있다.

아직 고유의 문자를 갖추지 못한 고려에서 한자는 언어표현의 유일한 수단이었고, 그것이 또 동아시아 전역에서 문화어 이상의 공통어로서의 기능을 담당하였다 함은 어쩔 수 없는 당대의 현실이었다.

따라서 김부식(金富軾)이 "사기(史記)"에서 "삼국사기(三國史記)"의 전범(典範)을 얻듯 이규보가 당대에 이미 형식적 완숙에 도달한 오언율시에서 "동명왕편"의 양식을 빌었음은 오히려 민족문화 창달의 훌륭한 계기로 타산지석의 묘를 살린 지혜로운 쾌사이다.

신라가 멸망한 이후 고려에 와서 비로소 한반도와 그 북부에서 명멸하였던 우리 민족이 세운 고대삼국을 대등하게 그리고 총체적으로 조망(眺望)할 수 있는 객관적 위치에서 서게 되었다. 새 국가에 역사의 새로운 조명작업이 필요하였다 함은 역사의 일반 법칙이다.

당(唐)의 멸망 이후 10세기는 중원(中原)의 북방 민족들에게 긴 잠에서 깨어나 민족적 긍지와 더불어 민족국가 독립에 박차를 가할뿐더러 각기 주체적 입장에서 민족의 역사를 근본적으로 다시 점검하는 계기가 된다. 민족 국가건설과 더불어 서하(西夏)나 요(遼) · 금(金)과 몽고(蒙古)가 각기 고유의 문자를 개발함도 중국으로부터의 문화적 독립은 물론, 역사를 각기 주체적 입장에서 파악코자한 시도임에는 의심의 여지가 없다. 이와 같은 국내의 역사적 흐름 속에서 획득한 자체존립의 의의는 아시아의 북방지역에서 일어나기 시작한 팽배된 민족주의 의식과 맞물려 증폭되어 상승될 수밖에 없었다. 뿌리 찾기 운동은 거시적 안목으로 진행된 고려의 국시요, 국가이념이 되어 국가정책의 기본으로 강력히 추진된다. 여기에 신흥왕조의 지배세력과 이의 옹호자요, 당대의 문화담당 계층인 사대부들의 동원은 역사의 필연적 요청이 되고 새로운 사관(史觀)에 입각한 민족사의 조명은 이들 사대부들의 중요한 책무가 된다. 이규보의 "동명왕편"을 위시한 "삼국유사", "제왕운기" 등은 시대적 흐름을 거시적으로 볼 때 고려의 건국과 국시(國是) 및 그 역사적 전범으로 제시된 "삼국사기"의 정신과 이념과는 동궤(同軌)의 것이며, 보완적인 것으로 그 반론이나 극복은 아닌 것이다. 그것은 오로지 같은 정신과 이념을 기본으로 하는 관찬(官纂)과 사찬(私纂)과의 차이, 역사와 문화의 거리만큼의 표현양식의 차이 이외에 아무 것도 아니다.

민족문화의 특수성은 세계문학과의 비교 내지 연관 속에서 고찰되어야 하지만, 세계문학의 보편성이 민족문학의 내부 속에서 인증될 때만이 민족문학의 세계성을 획득하게 된다. 이와 같은 논리적 바탕 위에서만이 비로소 우리의 문학사는 지역적이거나 국지적인 경지를 탈피하고 세계문학의 대열에서 그 사적 추이와 변이가 논의될 수 있다 함은 지극히 당연한 귀결이다. 그러므로 서사시 "동명왕편"은 지역적이거나 민족적 특수성을 극소화 시키고 이미 확립된 서구의 문예이론에 입각하여 양식적 특성이 객관적으로 고구되어야 함은 우선적 과제가 된다.

지난날 민족의 신화나 역사에서의 영웅상을 삽화적 이야기로, 그러나 전체적으로는 통일된 결구(結構)를 갖게 하여 그것을 장중한 율격(律格)과 운문(韻文)속에 담아서 읊조리는 장편의 이야기 문학을 서사시라 정의할 때 이와 같은 제반 특징은 "동명왕편" 속에서 분석 · 구명될 수 있어야만 한다. 물론 이와 같은 분석에 앞서 선행되어야 할 것은 지난날 우리의 고전문학연구에서 서사시의 개념을 어떻게 수용하고 그것을 적용하였는가 하는 그 사적 진전도 아울러 추적 검토되어야 한다.

한국문학 연구사에서 서사시에 대한 논의는 20년을 간격으로 1940년대와 60년대 그리고 80년대 등 3단계로 나누어 고찰될 수 있다. 물론 이들 모두가 "동명왕편"과 관련된 것은 아니지만 40년대는 우리의 작품에 그 개념을 적용한 두 번째 단계이며, 셋째 단계는 우리 문학사에서 그 위상을 정립 심화시킨 80년대로 각기 나누어 특정지을 수 있다. 그것은 또 작품의 구성과 내용분석을 통한 양식적 고찰을 주로 한 분류와 서사시가 생성케 된 역사적 · 사회적 배경과 같은 작품과 외적고찰을 중시한 다른 부류로 양분될 수 있다. 이와 같은 작품내적 연구와 작품외적 연구는 결과적으로는 서사시 "동명왕편"의 양식적 특성과 문예가치 해명뿐만 아니라 문학사적 위치마저 조망(眺望)하는 총체성을 획득할 수 있다는 면에서도 그 의미가 크다.

본고에서는 서사시에 대한 보다 정확한 개념을 설정하고 국내의 업적을 분류 검토한 기초위에서 "동명왕편"의 창작동기와 사회역사적 배경, 문예양식의 수용, 그리고 문예적 가치가 다각도로 구명될 것이다. 물론 이와 같은 작업은 작품자체의 철저한 분석과 해석, 그리고 그 구성원리를 천착 파악하는 과정과 병행될 것이다.

"동명왕편"을 통한 서사양식의 개념파악은 항차 한국문학사에서 서사시의 생성에서 소멸에 이르는 장르의 운명을 추적할 수 있는 근거를 제시하기에 충분하다.

"동명왕편"을 거쳐 "용비어천가(龍飛御天歌)"에 이르는 한국 서사시의 포괄적 연구는 후일의 과제로 남겨두고 여기에서는 그 당초의 기준이 되는 "동명왕편"에만 국한 시켜 고찰된 것이다.

서사시가 지닌 양식적 특성의 해명은 해당 장르뿐만 아니라, 거시적으로는 이 땅에 서사양식의 일반적 발전단계를 밝힐 수 있는 계기가 될 것을 믿어 의심치 않는다. 그것은 나아가서 현대의 우리 문학에서 서사시가 가능한가 하는 의문을 풀어주는 해답을 제기할 수 있는 것으로 기대하여 본다. 이점 또한 앞으로의 과제로 본고에서는 하나의 문제제기로 남겨둔다.

Ⅱ. 서사시(敍事詩) 논의(論議)의 두 갈래

1. 서사시(敍事詩)의 개념수용(概念受容)과 그 변이(變移)

문예양식(文藝樣式)의 개념설정에 있어서 Epic은 서사양식의 범칭(汎稱)으로도 지칭되는 것이 상례이지만, 문예학에서는 영웅서사시(英雄敍事詩)로 제한하여 지칭하기 때문에 때로는 개념상의 혼란을 가져오는 경우가 있음을 볼 수 있다. 따라서 신화 전설을 비롯하여 근대문학의 대표적인 장르인 소설에 이르기까지 이른바 이야기 예술로 지칭되기도 하는 이들 집단은 서정양식(抒情樣式)과 극양식(劇樣式)과를 구별하기 위하여 Epic이라고 지칭할 때, 그 서사양식의 발전과정에서 한때 출몰하였던 영웅서사시와의 구별을 위하여 구미 학계에서는 다소의 차이가 있으나 영국에서는 이들을 통털어 Narrative[1]라 하며, 영웅서사시는 Heroic Epic이라고 일컫고 있으며, 독

1) R.Scholes와 R.Kellogg의 공저(共著)인 "The Nature of Narrative"가 이 분야의 대표적인 언급으로 거론될 수 있다.

일문예학에서는 서사양식의 일반을 Epik으로, 영웅서사시는 Epos라 하여 개념상의 혼란을 피하고 있음을 알 수 있다.

한국에 있어서 서사시에 대한 개념상의 논의나 장르상의 특징에 대한 문예학적 연구는 아무래도 을유(乙酉) 광복 이후부터 비롯되었다고 볼 수 있다.

사실 우리 학계에서는 서사시라는 명칭이 영웅서사시에 국한시키는 경우가 많다.

논자(論者)에 따라서는 산문적인 내용을 담은 운문시면 이들 모두를 서사시라고 지칭하는 경우가 없지 않기 때문에 개념상의 혼란이나 용어 사용상의 문제가 적지 않다.[2)]

그러나 본고에서 서사시라 함은 응당 영웅서사시 Epos에 국한하며 앞으로의 논의도 우리의 고전문학에서 잠시 모습을 나타냈던 서사시에 집중되기에 자생적인 이 양식의 사적 고찰을 통하여 문예학적인 개념의 정의뿐만 아니라 세계문학과의 유대 속에서 얻어지는 보편적인 특성을 확인하게 될 것이다.

이야기이면서도 시적 형태를 견지하며, 시적 이야기에는 너무 단조로운 산문의 옷을 입고 있는 이 서사시의 양식적 특징을 일찍이 조윤제(趙潤濟)가 가사문학(歌辭文學)을 정의함에 있어서 "운문적 형식을 쓰면서 문필적 내용을 표현 구사하는 문학"이다.[3)] 라고 단순

---

2) 우리의 근대문학에 있어 김동환(金東煥)의 "국경(國境)의 밤"을 고교 교과과정에서부터 서사시라고 배워오는 터다. 그러나 오세영(吳世榮)은 전통적인 의미에서의 서사시와는 별개의 것으로 구분한다. "국경의 밤과 서사시의 문제"(국어국문학, 1977) p.75.

3) 조윤제(趙潤濟) : 조선시가사강(朝鮮詩歌史綱) (을유문화사, 1954) p.127.

화시켰을 때, 그 "문필적 내용"이라고 설명하느니보다 "한 민족적 영웅의 이야기"라 하였다면 서사시에 대한 객관적 정의가 되었을 것이다.

그는 또 후일 그의 문학사 연구의 총괄이라 할 수 있는 "한국문학사"에서 조차 서사시에 대한 설명이 없었다는 사실은 한국문화의 사적 전개에 있어서 서사시의 부재를 철저하게 믿고 있었다는 증거가 아닌가 한다.

우리 문학사의 논의에 있어 서사시는 문예학적 정의는 1948년에 이명선(李明善)이, 1960년에 장덕순(張德順), 그리고 1987년에 주종연(朱鍾演)에 의하여 간헐적으로 시도되었다.

이명선은 그의 지론인 유물사관적(唯物史觀的) 입장에서 사회주의 문학에서 이미 정의된 바 있는 문예이론을 소개하며 한국 문학적 적용을 시도하였다.[4)]

서사시가 총체적으로 종족이나 씨족 혹은 사회의 투쟁을 전무후무한 독자적 신선함과 그리고 강력한 힘으로 묘사하게 된 것은 그 기반으로서 개인과 사회와 조야(粗野)하나 원시적 통일이 있었기 때문이며 서사시의 특질은 사물이 아직 시적 특질을 잃지 않았던 세계에서 생활하고 활동하던 사물의 하나하나의 생산이 신기하였던 것과 관계를 맺는 것이라고 호머의 서사시를 모델로 개념정의를 설명한다. 종래 문학사에서 서사시를 시 일반의 문제로서 서정시와의 형식적 대립만으로 일삼아 왔음을 지적하며 서사시가 산출되는 사회적 배경에 곁들여 그것과 관련지어 이룩되는 서사시의 장르적

---

4) 이명선(李明善) : 조선문학사(朝鮮文學史) (조선문학사, 1942) pp.9~15.

특질도 아울러 설명한다.

이 같은 서사시의 양식적 특성에 대한 논의는 우리 문학사 서술에서 처음 있는 일로 문예학적 개념설정의 소개라는 점에서 중요한 사적 의미를 가진다.

그는 이어서 호머에 있어서 신은 아주 자연스러운 사려 깊은 완전한 존재로서 활동하고 있으며 여기에서는 참된 인간적 자태로 나타내어 그 속에서 마르크스가 말하는 이른바 "무의식적 가공"에 의하여 자연과 사회가 과장적 · 신화적으로 체험되고 있다고 설명한다. 이와 같은 태도는 그것을 진실된 존재로 여기고 있는 시인의 입장에서 바로 이와 같은 것이 서사시의 본질적 특수성의 하나라고 소비에트 러시아의 콤 아카데미가 편찬한 "소설의 본질"에서 정의한 서사시 개념을 설명한다. "개인과 사회와의 관계는 이러한 미계발로 호머의 모든 인물들의 예술적 향상이 개괄적(概括的) · 소상적(塑像的) · 씨족적(氏族的) 특징으로서 강조되는데 나타난다. 그것은 개인이라 하기에는 순수한 개인적 감동이 너무 없다. 거기에서 일어나는 갈등은 전적으로 개인차 차원이 아닌 사회적 집단의 갈등이다."[5]라고 문학사회학적 상징이나 집단적 표출로 서사시를 설명한다. 이어서 오늘날 기호학(記號學)의 창시자라 할 수 있는 이탈리아의 비코의 견해를 곁들이면서 이들 서사시가 창출된 영웅들의 시대는 모두가 대언장어(大言壯語)한 영웅적 언어가 횝쓸던 허풍쟁이의 시대라고 못 박는다.

---

5) 콤 아카데미 문학편, 소설의 본질, p.22〔이명선(李明善)의 조선문학사(朝鮮文學史)에서 재인용〕.

민중들은 그때 진실과 허위와의 정확한 구분을 몰랐으며 무엇이 사실이며 무엇이 순진한 공상의 소산인가를 구분할 수 없었다.

이와 같은 미분화 상태인 원시적 환경에서 서사시가 유래하였고 그 발생적 근원을 밝힌다. 이 같은 상황과 여건 속에서는 개인도 집단과 동일한 것이 되어 동시에 다 같이 창조자가 되며 행동자가 된다. 이것이 원시적인 시가 완전히 객관적일 수 있는 이유이다. 그리하여 개인은 사물과는 완전히 결합되어 있어 개인적 감정이 혼입하지 않고 사물을 명명하고 행동을 노래함으로써 만족한다. 감정적 상태에서는 일체가 규범이다. 자아가 나타날 때라도 그것은 제2차적이며 또 시인의 인격보다도 집단적인 존재 그 자체가 보다 더 표현되는 것[6]이 고대 서사시의 본질이라고 하고 근대의 특징인 개인적 자각이나 특유의 범용성(凡庸性) 혹은 자기분열 따위는 전혀 찾아 볼 수 없고 집단적, 객관적 혹은 영웅적 등으로 점철되는 제반 특징을 서사시에서 빠뜨릴 수 없는 본령(本領)으로 규정하고 있다.

이명선(李明善)은 이와 같은 유물사관에 입각한 문예학적 이론을 바탕으로 하고 "삼국사기"와 "삼국유사"야말로 삼한 삼국시대의 신화전설로 이루어진 일종의 서사시집의 대성[7]으로 주장한다. 이와 같은 견해의 타당성 여부는 불문하고 그가 한국의 고대문학에서 서사시라는 독립항목을 설정하고 이의 개념정립과 더불어 문학사적 위치를 처음으로 정착시켰다는 점에서 중요한 의미를 지닌다.

문학사를 유물사관적 입장에서 살펴보면 발전사적 측면이란 이

---

6) 샬 · 과로 : 예술과 사회생활. p.173 〔이명선(李明善)의 한국문학사에서 재인용〕.
7) 이명선(李明善) : 상게서(上揭書), p.20.

론적 강점도 없는 바 아니지만 지나치게 도식적(圖式的)이라는 취약점 또한 면하기 어렵다. 이에 대한 논의는 여기에서는 생략하고 서사시라는 특정 장르에 경주된 보편적인 개념창출의 시도는 높이 사야만 할 것 같다.

장덕순(張德順)은 일찍이 보른띠에르가 "프랑스 문화사" 기술에서 설정하였던 서사시의 개념과 이의 특성을 원용하여 한국 고대 서사시 설정의 타당성을 진단한다. 1960년에 발표한 그의 노작 "영웅서사시 동명왕"에서 서사시의 본령은 다음과 같이 요약될 수 있다.

영웅서사시는 구비 전승하는 유동상태의 설화를 어떤 개성적인 사가(史家)가 문자로 정착시킨 것을 다시 희대의 시인의 손으로 작품화한 것이다.

따라서 비현실적(非現實的)인 사적(史蹟), 초인간적(超人間的)인 사실, 때로는 황당기궤지사(荒唐氣詭之事)한 일까지 포용시킴으로써 주인공을 더욱 영웅화하고 신비스럽게 만든다. 서사시란 원칙적으로 역사에 근거를 둔다. 그러나 그것은 확대된 역사, 영웅화된 역사이다. 확대란 서사시인이 역사적 사건이나 출중한 인물을 노래하고자 하는 한낱 노력에 지나지 않는 것이지만 다만 그것을 역사 속에서 과장하여 경이(驚異)를 낳게 한다.

그리하여 이와 같은 설화적 요소는 청중이나 독자의 상상력을 즐겁게 하며 역사의 진실 속으로 파고든다고 한다.

서사시의 영웅들은 일반적으로 특이한 탄생으로부터 비롯되고 탄생 직후 유기되는 등 기구한 운명 등 역경 속에서 유년기를 맞이한다.

대체로 인간 이외에 수많은 다양한 동물들과도 특수한 관계를 맺으며 궁극적으로는 격투와 같은 사업을 기획하다가 종말에는 하나의 결실인 여인과의 결혼을 성취시킨다. 따라서 서사시란 한 민족적 영웅의 행위를 중심으로 하는 역사적 사건을 장중웅대(莊重雄大)한 결구를 묘사한 운문시(韻文詩)[8]라고 요약 정리한다. 이와 같은 논리적 근거로 성찰할 때 우리의 고전작품에서는 이규보의 "동명왕편"이야말로 가장 합당한 서사시의 표본이라고 주장한다.

이는 논리상 다소 미흡한 감이 없지 않으나 당시로는 비교적 탁월한 견해로 그 타당성을 인정하지 않을 수 없다.

세계문학에서 운위되는 서사시에 대한 문예학적 도입과 그 한국적 적용은 그 후 주종연(朱鍾演)에 의해서 진일보된 업적이 이루어진 것이 아닌가 한다. 1987년에 간행된 그의 역저 "한국소설의 형성"에서 영웅서사시에 대한 서구 문예학의 정의를 다음과 같이 요약 정리하여 그 보편적 의미를 천착하였다. 서사시가 갖고 있는 공통된 특질로

첫째, 주인공은 반드시 위대하고 비범한 인물이어야 한다. 그는 국가, 민족 또는 인류 전체의 영웅이다. 그는 능력에 있어서도 물론 출생에 있어서도 비범하다. 그는 신성스런 존재이다.

둘째, 사건의 무대가 되는 배경은 광대웅장하다. 그 규모가 광대하여 세계 전체일 수도 있고 더 클 수도 있다.

셋째, 주인공이 행하는 영웅적 행위는 인간의 차원을 넘어서 초자연적(超自然的)인 성격을 지닌다.

---

8) 장덕순(張德順) : 영웅서사시, 동명왕(연세대 인문과학 5집, 1960).

전투에서의 초인적 행동과 대담무쌍하게 이루어지는 길고도 험한 여행도 영웅담의 기본요소이다.

넷째, 서사시는 의식적 문투(文套)를 지닌다. 본래 그 독자 내지 청중으로서의 향수자(享受者)가 귀족을 비롯한 지배층이었기에 문체는 장중하고 운율 또한 품위를 요구한다. 따라서 일상적인 언어와는 의도적으로 거리를 유지하고 영웅적 주제와 그에 걸맞은 장대한 형식에 따라 의식적인 문체로 표출된다.

다섯째, 한 종족이나 집단, 민족국가, 인류 전체에게 중요한 보편적 주제를 다룬다. 따라서 서사시의 작자는 개인적인 감정이나 정서 혹은 사상보다는 역사공동체 또는 인류 전체의 이념을 드러내고 찬양하는 입장을 취한다.[9)]

이상과 같은 요소를 감안할 때 서사시는 "신적(神的) 혹은 영웅적 주인공의 행동에 한 종족이나 국가 혹은 전 인류의 운명이 걸려있으며 이와 같은 위대하고 진지한 주제를 고상한 문체에 담아 서술한 고대 영웅시"라고 정의한다. 물론 이와 같은 기준은 구미의 문예학자들이 호머의 일리아드와 오디세이를 비롯하여 베오울프(Beowulf)나 아에네이드(Aeneid) 혹은 니벨로겐의 노래(Nibelun-genlid)와 같은 유럽의 대표적 서사시에서 추출한 공동개념에 의거한 것으로 이와 같은 특질은 놀랍게도 유럽과의 어떠한 문화적 영향관계도 상정할 수 없는 고려 중기 이규보의 "동명왕편"에서도 분석 추출할 수 있다는 것이다. 그리하여 한걸음 더 나아가 신화에서 비롯되는 이 땅 서사문학의 위치를 확인하여 이와 같은 양상이 유럽 서사문

---

9) 주종연(朱鍾演) : 한국소설의 형성(집문당, 1987) pp.47~48.

학의 변형단계와 결코 무관하지 않으며, 이는 이른바 세계문학의 보편성마저 확인하는 계기라고 주장한다.

인류사에서 뛰어난 세계 문화민족들이 겪어온 문학형성의 단계를 이 땅 언어예술의 형성과정 속에서도 찾아볼 수 있다는 사적(史的) 보편성의 확인은 우리의 민족문학이 한반도라는 지방성 내지 지역성에서 지양하고 세계문학 형성과 궤(軌)를 같이하는 높은 문화민족으로서의 긍지를 높인 이로 정연한 발언으로 시사 하는 바가 크다.

따라서 이명선에서 비롯된 유물사관적 입장에서 장덕순이 영웅설화와 관련지은 설화 문학적 해석을 거쳐 주종연의 문예학적 기준 제시와 이에 근거한 세계문학적 보편성의 확인은 우리 민족문학의 위상정립을 시도한 역정(歷程)으로 보아야 할 것이다.

무릇, 이론이란 문예이론을 포함하여 과학적 논리에 근거한 보편성에 최고의 가치를 둘 때 그것은 항시 타당성을 가진다. 위에서 설명한 세 분의 이론적 근거가 우리 것이 아닌 구미이론에 바탕을 두고 있음을 인지할 수 있으나, 학문연구는 어떠한 지배적인 이론이나 국수주의적 울타리 속에 갇힐 수 없다는 전제에 기초하고 있다.

이들의 노고는 어떤 특정문화의 종속관계나 사대주의적 착상 혹은 현학적(玄學的) 궤변에서가 아니라 우리의 정신사적(精神史的) 유산인 문예양식을 보다 객관적이며 심도 깊은 역사적 의미로 해석 구명하고자 한 다양성의 포용으로 받아들여야 할 것이다.

구미이론이란 장구한 기간에 걸쳐 정립된 역사성마저 내포하지만 이는 우리에게 매우 유익한 우리의 정신적 실체를 구명하는데 유용한 타산지석이 되는 것 이외에 아무것도 아니다.

2. "동명왕편(東明王篇)" 연구의 사적전개(史的展開)

한국문학연구사에서 서사시에 대한 중요한 논의는 매우 흥미롭게 1940년대와 60년대 그리고 80년대에 걸쳐 20년 간격으로 이루어졌다. 물론 이들 모두가 이규보의 "동명왕편"을 염두에 두고 설명한 것은 아니지만 첫째 단계는 한국문학사에서 서사시란 개념도입을 시도하고 둘째와 셋째 단계에서는 "동명왕편"의 양식적 특성을 전제로 한 구성 및 내용분석과 이의 발생론적 측면을 강조한 역사적 · 사회적 배경 연구로 특정 지을 수 있다.

40년대는 이명선(李明善)의 "조선문학사"와 손낙범(孫洛範) · 구자균(具滋均) 공저인 우리어문학회의 "국문학개론"에서, 60년대는 장덕순(張德順)의 "영웅서사시 동명왕"과 이우성(李佑成)의 "고려중기의 민족서사시 동명왕과 제왕운기 연구" 등 이들 두 편의 논문에서, 80년대는 조동일(趙東一)의 "한국문학통사"와 주종연(朱鍾演)의 "한국소설의 형성"이 그것이다. 이들 여섯 편의 논문과 저술은 그 논지나 모양새로 보아 두 갈래로 나눌 수 있는데, 위에서 설명한 구성 및 내용분석을 통한 양식적 연구를 주로 한 분류는 손낙범 · 구자균에서 장덕순을 걸쳐 주종연에 이어지고, 생성의 역사적 · 사회적 배경과 같은 작품외적 연구를 중시한 분류는 이명선에서 이우성을 거쳐 조동일에 이어지는 라인으로 대별될 수 있다.

(1) 도입기(導入期)

이 시기는 한국문학 연구에 서사시의 개념이 도입된 40년대에 제한된다. 서사시가 역사상 뛰어난 영웅의 사적에 얽힌 신화와 전설 그리고 역사적 사실을 얽어놓은 노랫말과 같은 것으로서 백성들에게 널리 구송된 점을 감안할 때 훗날 중세의 가사(歌詞)나 가사(歌辭)와의 관련을 전연 배제할 수 없다. 따라서 서사시의 개념도입 이전에 조윤제(趙潤濟)에 의해 제기된 가사(歌詞)의 개념정립을 전사적(前史的)인 측면에서 그 의미가 사뭇 크다고 할 수 있다. 그는 중세의 장가변천(長歌變遷)과 가사체(歌辭體)의 성립이란 항목에서 속칭 "가사"를 다음과 같이 규정한다.

> "가사"라는 것은 무슨 의미의 말인가. 보통은 음악의 곡조에 대하여 노래한 내용문구를 가사(歌詞)라 부른 듯하나 여기 우리가 말하는 「가사」는 곡조에 합주하여 불리는 것도 있지만… 노래를 부른다는 것보다 차라리 읽는 것이 본의인 듯하다. 그러면 「가사」는 음악곡조에 대한 「가사(歌詞)」가 아니고 사설적(辭說的) 노래라는 의미의 「가사(歌辭)」가 아닌가 한다. 또 가사(歌辭)의 내용으로 볼지라도 길어지면 일책 일본을 지어도 담록(談錄)도 되고 혹은 한 기행록도 될 수 있어 이런 것은 단순한 노래라고는 하기 어려울 뿐 아니라 소설이라도 읽듯이 한 사설(辭說)로서 읽을 수밖에 없을 듯하니 그 이름은 자연 음악곡조에 대한 가사(歌詞)라 하기보다 가사(歌辭)라는 것이 더 잘 합당하지 않을까 하다.[10]

노래라기보다 차라리 읽는 것 담록도 되고 기행록도 되는, 길면은 일책 일본의 분량도 사설적(辭說的)인 노래란 고대서사시의 퇴영(退嬰)된 모습이나 잔영을 함축하는 듯하여 서사시형의 해체된

---

10) 조윤제(趙潤濟) : 전게서(前揭書) p.236.

양상이거나 그 어느 특성의 계승된 모습으로 해석될 수도 있다. 손낙범과 구자균이 공저한 우리 어문학회 "국문학개론"은 이와 같은 맥락에서 서사시를 파악하고 있는 것 같다. 이들은 고려속악의 가사(歌詞)를 논함에 있어 한문가사라 할 수 있는 한림별곡(翰林別曲)을 비롯한 이른바 경기하여가체(景幾何如歌體)는 한학자들의 손에 된 것으로 국문가사에 공통되는 형식적 특징인 가사의 분절성(分節性)을 정형적으로 지니고 있기 때문에 이들 "경기하여가체(景幾何如歌體)" 3편과 처용가(處容歌)는 서사시에 속한다고 하여 서정시와 구분한다.

외적인 빈번한 외침과 무인들의 집권이 전횡(專橫)하던 시대 시부(詩賦) · 서편(書篇) · 명필(名筆) · 명주(名酒) · 화분(花奔) · 음악(音樂) · 누각(樓閣) · 안천(鞍韆) 등 한일하고 호화롭고 취약적 생활의 표상에서는 서사시가 적격이 아닐 수 없었다고 판단된다.[11] 이와 같은 견해는 문자 그대로 서경(敍景) 내지 서사시적인 시 일반을 서사시라 분류한 잘못 인식된 사례로 전장에서 설명한 서사시 Epos의 개념과는 너무나 거리가 멀다. 또한 조윤제(趙潤濟)와 마찬가지로 퇴화된 서사시의 편린(片鱗)이나 지극히 부분적인 특성만으로 한문가사의 성격규명 시도는 이해되나 이를 서사시라 명명함은 문예학에서 설명하는 개념과는 상당한 거리를 느끼게 한다.

다만 부적절한 개념적용이긴 하나 우리 문학사 일변에서 서사시라는 낱말의 첫 도입이라는 점에서 그 사적 의미를 찾아야 할 것이다.

---

11) 손낙범(孫洛範) · 구자균(具滋均): 국문학개론 (일성당 서점, 1949) pp.166~167.

우리 어문학회의 "국문학개론"이 발행된 비슷한 시기에 이명선은 "조선문학사"를 출간하고 고대원시문학 속에서 서사시를 하나의 독립된 항목으로 다룬다. 전장에서 이미 설명하였듯이 그가 일찍부터 깊이 경도(傾倒)된 변증법적(辨證法的) 유물사관(唯物史觀)의 입장에서 우리 어문학사를 재일별(再一瞥)하고 전적으로 "인간이 자연에 대한 또 인간이 인간에 대한 생산 관계적 행동의 반영 또는 지배복종의 관념형태"라는 마르크스주의적 고정시각에서 규정한다.

이른바 문학선사시대의 언어예술의 원초적 보고(寶庫)라 할 신화조차도 그 제재로 나타나는 자연물 자체는 무의미한 것이며, 그것을 인격화함으로써 비로소 신화다운 의상을 입게 된다고 한다.

그리하여 신화를 신비적 실재로 인정하지 않고 계급간의 갈등이나 생산관계라는 도식적 시각에서 해석하여야만 한다고 설명한다.

이와 같은 관점을 중요한 입지점으로 할 때 고대 서사시란 "생산력이 아직 발달하지 못하여 계급의 문화도 토지의 사유화도 나타나기 이전의 씨족사회를 토대로 하여 산출된 것이며, 서사시 속의 인물들은 각기 씨족공동체의 일원으로 공동으로 생활하고 행동하였으므로 그 일거일동이 모두 씨족공동체를 대표하는 것이 되어 개인적 자아는 나타나지 못하며 거기에는 사회와 개인이 통일되어 있어 등장인물 모두가 영웅적이며 능동적"이 된다고 집단적 객관 영웅을 서사시의 특징으로 설명한다.[12)]

---

12) 이명선(李明善) : 전게서(前揭書) p.15.

이와 같은 전제아래서 종래 황조가(黃鳥歌)를 서정시로 분류한 상식을 부정하고 이를 군주가 도망간 이민족의 여인에 대한 "개인적 미련의 표현이 아니라 종족간의 상쟁을 화해시키려다 실패한 촌장의 탄성"으로 해석하는 표본을 보이면서 그는 "삼국사기"와 "삼국유사"를 삼한 삼국시대의 신화전설로 이루어진 일종의 서사시집이라 주장한다.

우리는 고대에서 역사적 사실과 창조적 예술이 상호 밀착되어 있어 불가분의 관계를 이루고 있음이 오히려 원시문학의 특징이라 흔히 간주한다. 영웅서사시 또한 신화와 역사 그리고 전설의 혼합에 의한 하나의 통일된 이야기 구성체라 분류되기에는 범세계적 보편성에 근거를 한 특정한 내용과 형식을 갖추어야 한다 함도 익히 알고 있는 사실이다. 이와 같은 입장에서 예의 "삼국사기"나 "삼국유사"는 서사시적 소재나 제재의 보고 혹은 그 자료집으로 간과될 수는 있을지언정 그것이 서사시 자체는 아니다 함은 너무나 자명한 이치이다. 여기에서는 구체적 적용이 다소 미비하지만 유물사관에 기초를 둔 문예이론을 앞세우고 한국문학사의 본령에 서사시의 개념을 한결 접근시켰다는 점에서 진일보된 상황으로 파악하여야 할 것이다.

1957년 초간본이 상재된 "국문학전사(國文學全史)"에서 이병기(李秉岐)는 가사(歌詞) 및 가사(歌辭)가 어떤 소리의 노래를 일컫는 것으로 그 줄거리가 서로 연락되고 통일되어 한 편을 이루고 있다는 관점에서 "고려중엽에 이규보의 "동명왕편", 이승휴(李承休)의 "제왕운기", 오세문(吳世文)의 "역대가(歷代歌)" 등에서 우리는 가사(歌詞)의 원형을 찾을 수 있는 것이다."[13]라고 주장함을 목도하게 된다. 이는 두 가지 의미를 지니고 있는 것으로 해석된다.

첫째는 이병기 또한 조윤제나 손낙범 · 구자균과 같은 가사(歌詞)를 별곡과의 연계선상에서 파악하고 있는 것이며, 둘째는 그 발생론적 근원을 "동명왕편"과 "제왕운기" 그리고 "역대가"에 두고 있다는 점이다. 이병기는 이들 세 편의 양식적 특성에 관하여 구체적으로 설명한바 전혀 없으나, 이들 세 편을 한데 묶어 가사(歌辭)나 가사(歌詞) 그리고 별곡으로 역순되는 보다 원초적 위치에 두면서 이들과는 다른 문예양식일 것이라고 암시한 점이 괄목할만한 일이다.

후일 우리 문학사에서 서사시라고 분류하고 있는 이규보의 "동명왕편"과 이승휴의 "제왕운기" 그리고 오세문의 "역대가"를 문학사에서 거론한 분은 이병기에서 비롯되는 것이 아닌가 한다. 그 후 60년대로 이어지는 장덕순이나 이우성의 서사시 논의는 이상과 같은 학문적 축적 위에서 보다 진보된 사적 연구가 가능했던 것이다. 환언(換言)하면 선인들이 놓은 징검다리를 바탕으로 한결 심화된 집중적 연구가 비로소 가능할 수 있었다는 추론이다.

(2) 적용기(適用期)

우리 학계에서 이규보의 "동명왕편"을 서사시라고 처음 규정한 분은 장덕순이 그 효시다.

---

13) 이병기(李秉岐) · 백철(白鐵) : 국문학전사 (신구문화사, 1959) p.108.

1960년 "인문과학" 제5집에 첫 발표한 "영웅서사시 동명왕편"은 가히 이 분야에서 획기적 논문으로 평가되어 마땅하다.

"민족적 영웅의 행위를 중심으로 하는 역사적 사건을 장중 웅대한 결구로 묘사한 운문시를 보통 영웅서사시라고 한다.

여기 우리 민족의 영웅이요, 고구려 시조인 동명왕의 행위를 오언절귀(五言絕句)의 운문체로 묘사한 이규보의 동명왕편을 영웅서사시로 보려는 것이다"[14)]

이렇게 시작되는 서두에서 장덕순은 서사시의 개념정의를 앞세우고 이것에 근거하여 "동명왕편"은 영웅서사시라고 결론부터 제시한다.

민족적 영웅의 행위와 역사적 사건, 장중 웅대한 결구, 운문시 등으로 요약되는 개념정의 속에는 내용과 구성, 그리고 형식의 구비요건이 함축되어 있다. 이와 같은 대전제에서 "동명왕편"은

첫째, 이 작품은 해모수(解慕漱) · 주몽(朱蒙) · 유리(類利) · 하백(河伯) · 송양왕(松讓王) 등의 영웅과 이들 예하에 예속된 부하들 그리고 유화(柳化) · 훤화(萱花) · 위화(葦花) 등의 미녀들이 등장하고,

둘째, 영웅 동명왕의 탄생 이전의 계보를 밝히는 서장(序章)과 동명왕의 출생으로부터 그의 입국(立國) 종말까지를 묘사한 본장과 그리고 그의 사업을 계승한 유리왕(瑠璃王)의 즉위까지의 경로 및 작자의 소감을 부연한 종장으로 구성된 3부작이며,

셋째, 오언의 290여 구 1,400여 자의 본시(本詩)와 430여 구 2,200여 자의 주(註)로 구성된 범(凡) 4,000여 자에 가까운 장편의 오언절구

14) 장덕순(張德順) : 국문학통론(國文學通論) (신구문화사, 1960) p.325.

의 운문체이며,

넷째, 이들 영웅들의 활동무대는 북방대륙에서 남반부에 이르는 웅대한 땅에서 상거(相距)가 2억만8천7백8십리에 달한다는 창궁(蒼穹)이며 또 깊고 깊은 수중세계 등을 활동공간으로 하고 있다는 점 등으로 하여 "동명왕편"을 전형적인 영웅서사시라 하기에 손색없다는 분석이다.

이에 덧붙여서 "동명왕"이 내포하고 있는 영웅들의 탄생과 성장 사업(투쟁)과 결혼 그리고 이들에게 필수적인 여러 물건들과의 불가사의한 관계 등의 각종 신호와 전설은 서양 중세기의 대표적 서사시인 "니벨룽겐의 노래", "로랑의 노래", "로오다 왕" 등과는 전적으로 그 궤(軌)를 같이하며 이들은 놀랍게도 그 발생이나 창조시기 또한 지극히 유사하다는 점에서 이것을 "13세기의 우연"이라고 명명한다.

한편 장덕순은 설화문학 전공자로서의 저력을 유감없이 발휘하여 중국 측의 기록인 "양서(梁書)", "해동역사(海東繹史)", "논충(論衝)", "위략(魏略)", "후한서(後漢書)", "북사(北史)"와 우리 측의 자료인 "삼국사기", "삼국유사", "제왕운기", "세종실록지리지(世宗實錄地理志)", "고구려부(高句麗賦)" 등에 등재된 이 작품의 소재로서의 설화를 비교검토 끝에 서사시 "동명왕편"을 전적으로 "구 삼국사"에 의존하고 있다고 그 소재로서의 전통성을 강조한다.

그리고 일찍이 김부식이 "삼국사기" 서술과정에서 괴력난신(怪力亂神)과 황당기궤지사(荒唐奇詭之事)라고 소외시킨 것을 이규보가 오히려 그것을 포용하여 소재로 삼고 창의적 기능을 유감없이 발휘하였다고 그 문학적 의의를 높이 강조하였다.

이우성은 1962년 "동명왕편"과 "제왕운기"의 연구란 부제가 붙은 "고려중기의 민족서사시"[15]란 논문에서 민족문화의 생성 내지 발달을 그 민족의 성장과정과 그 정신적 전개방향의 그 내면적 관련에서 파악되어야 한다고 주장한다. 그리하여 문학이란 그것이 생성된 시대의 일정한 역사현상의 한 부분임을 전제로 그 내내 관심을 쏟아왔던 문학연구에서의 역사학적 방법론의 입장에서 "동명왕편"을 설명한다.

그러기에 그는 서사시란 서정시나 소설 혹은 극과 같이 개성을 중심으로 한 것이 아니라 집단,(민족)(계급)(국민)을 중심으로 하는 비개성적 문학양식을 앞세우고 서사문학의 내포는 개체가 아니라 전체에 속한 것, 고립과 분열이 아니라 종합으로 향하는 것이며, 서사문학의 동기 또한 개인의 기쁨이나 슬픔과 같은 개인의식 차원이 아니라 집단의 운명과 깊은 관련을 맺는다는 의식에서 출발한다. 10세기경 동아시아에서 당(唐)이라는 거대한 세계제국의 멸망으로 한민족을 중심으로 한 지배질서가 붕괴되고 특히 제국주변의 제 민족이 각각 독자적 움직임을 보여 계단(契丹)이 대요(大遼)로, 여진(女眞)이 대금국(大金國)으로, 그리고 몽고(蒙古)가 대원(大元)의 모습으로 역사의 무대에 진출한 12, 3세기의 역사적 사정을 서사시 "동명왕편"이 창작된 외적 배경으로 우선 설정하고 중국의 북방 민족들에 의해 일기 시작한 민족주의 발흥(勃興)은 급기야는 이 땅에까지 영향이 미쳐 고려 당대의 미묘한 정치상황과 어울려 그것이

15) 이우성(李佑成) : 고려중기의 민족서사시 (성대논문집 제7집, 1962) p.100.

젊은 이규보의 창작욕을 자극케 되었다는 것이다.

"민족설화(民族說話)에의 인식의 전회(轉廻), 그것을 뒷받침한 민족의 자기파악, 자기이해의 고귀한 정신작용 또한 어디로 좇아왔던 것일까? 두말할 것 없이 그것을 그 시대의 역사적 배경이 충분히 설명해 주는 것이다. 12, 3세기의 역사적 사정이 무엇보다 중요한 것은 민중 심리의 귀일과 민중의 에네르기의 축적에 의한 민족적 저항정신의 발효였다. 요(遼) · 금(金) 이래 이 민족의 압력이 그대로 지속되고 구 귀족은 타도되었으나 초기 무인들의 횡포한 정치가 암흑기를 이루고 있는 국내외의 혼미한 현실 속에 시인 이규보는 자기거점을 민족 속에서 발견하고 민족의 귀의를 통하여 민족의 전통과 유서(由緖)에 새로운 계시를 받았던 것이다. 그리하여 그는 우부준부(愚夫駿婦)들이 이야기하고 있는 동명왕을, 그리고 우리의 창국의 영웅적 동명왕을 1200년 후에 다시 들추어내고 추켜올리게 되었다."[16)]

이우성은 고려중기 이후의 문화담당 계층을 신진관료 학자들인 사대부 계급들이라고 설명하고 전기의 귀족문신과 대조적인 관계로 파악한다. 그리하여 훗날 이들에 의해 창작된 "경기체가(景幾體歌)"를 고려지방 풍토 속에서 자라난 신진인사들의 "집단적 시위의 첫 함성"이라 규정하고 서사시와의 연계선상에 놓음으로써 문학사의 맥락을 포착하려 한다. 이는 조윤제, 손낙범, 그리고 이병기 등과 궤(軌)를 같이한다고 볼 수 있다.

다만 서사시의 양식적 변이가 이후의 문학사에서 어떻게 추정될 것인가 하는 것이 중요한 문제로 제기될 수 있다. "경기체가"를 일

16) 이우성(李佑成) : 상게서(上揭書) p.100.

종의 서사시라느니 별곡체 서사시라느니 하는 이우성의 설명은 보다 구체적인 문예학적 설명이나 객관적 논리를 필요로 하는 것으로 개념상의 혼란을 피하기 어렵다. 양에 있어 결코 짧지 않은 논문 대부분이 작품생성의 배경적 설명에 치우친 문학외적인 것으로 이 또한 문학연구의 한 방법이 될 수 있으나,[17] 작품 자체의 접근과는 원천적으로 상당한 거리가 있지 않은가 한다. 다만 앞에서 설명한 비슷한 시기의 장덕순의 논문과는 보족적(補足的)인 관계라 설정할 때 그 의미는 배가될 수도 있다.

장덕순과 이우성 양씨 이외에도 이재수(李在秀)와 박두포(朴斗抱)의 논고도 이 시기에 해당된다.

그러나 이재수(李在秀)는 주몽전설을 신화와 종교의례 또는 민속학과의 관련에서 전승의 내용을 비교 고찰하였고[18] 박두포가 동명왕에 대한 국내외 자료를 총망라하여 비교 검토한 노력은 높이 살 만하다.[19]

(3) 심화기(深化期)

을유해방(乙酉解放) 이후 외침의 질곡(桎梏)에서 벗어나 우리의 정신유산을 찾고자 하는 강한 열의와 인식론적(認識論的) 변화에

17) R.Wellek과 A. Warren은 Theory of Literature에서 이와 같은 작품외적 연구를 제3장인 The Extrinsic Approach to The Study of Literature에서 소상히 밝히고 있다.

18) 이재수(李在秀) : 주몽전설(朱蒙傳說) 동명왕편고(東明王篇考) (경북대 논문집 제8집, 1964).

19) 박두포(朴斗抱) : 민족영웅(民族英雄) 동명왕설화고(東明王說話考) (효성여대 국문학연구 제1집, 1986).

크게 힘입어 전통문화의 발굴과 우리 문학사의 개괄적 파악이 40년대 문학연구의 주제를 이루었다면 60년대는 일부 특정한 개별 작품에 대한 대내외적 고찰과 분석을 통한 의미파악이 한 시대적 혹은 점증적 경향이었다고 할 수 있다. 이와 같은 비교적 구체성을 띤 연구의 결과나 업적을 바탕으로 80년대는 개별 작품에 대한 심도 깊은 분석과 해석에 의한 위상정립을 통해 우리 문학을 거시적으로 재조명함이 불가피한 시기가 아닌가 한다. 본 연구에 관한한 조동일과 주종연은 이 시기의 대표적인 저술가로 손꼽힐만하다.

이 땅의 문학사를 주체의식이란 정신적 요인을 앞세우며 의욕적으로 연구에 임한 조동일은 그의 역저 "한국문학사 제2권"에서 "동명왕편"을 이규보가 생존했던 고려 중후기의 역사적 흐름과 필연성이란 맥락에서 그 의미망을 구축한다.

주변에서 일어나기 시작한 요(遼)와 금(金) 그리고 몽고제국의 창궐(猖獗)로 인한 중원의 몰락과 같은 동아시아의 정치적 변천 원인으로 내부로는 외침과 무신(武臣)란 등으로 야기된 가치관과 지배적 이념의 혼란은 급기야 고려문화의 일대변혁을 초래케 한다.

그것은 고려전기 지배적 사상이 담긴 귀족문화의 규범을 깨뜨리고 나아가서는 중국 중심의 사대주의가 아닌 민족적 주체의식이 민족주의 성장뿐만 아니라 원(元)의 통치를 벗어나 민족국가로서의 긍지를 회복하려는 열망마저 일게 한다. 이와 같은 시대적 욕구에 부응하여 우리의 역사에 대한 재인식과 평가가 시도되었고 이와 같은 시도는 고려초기와 같은 국가적 차원에서가 아니라 개개인의 관심에 따른 개인단위에서 일어나기 시작했다는 것이다. 말하자면

"동명왕편"도 이규보라는 공인(公人)이 아닌 사인(私人)의 위치에서 우리 민족의 영웅을 통해 역사적 재인식을 시도했다고 본다.

이는 고려문화에 대한 재인식의 표출이며 이 땅에 모화사상(慕華思想)이 싹트기 이전의 고대적인 자기중심주의를 새롭게 계승할 수 있는 방법을 모색한 민족주의적 역사인식의 발로라 해석된다.

고려후기에는 "삼국사기"처럼 국가적 사업으로 편찬된 역사서가 나오지 않았다. 그런 시도가 있기는 했으나 완성을 보지 못했으며 역사를 다룬 저작은 모두 개인이 각자의 관심에 따라 이룩했을 따름이다. 역사에 대한 관심이 줄어들었다는 것이 아니라 역사를 새로운 각도에서 재인식하자는 움직임이 과거 어느 때보다도 활발하게 일어났으며 재인식에 따르는 감격을 서술한 다양한 방법이 개척되었다. 과거에 있었던 사실로서의 역사가 아니라 현재의 관심에 따라 해석하고 표현해야 할 역사를 찾았으며 이 성과는 대부분 역사문학의 작품이라 할 수 있다.

역사와 문학이 이렇게까지 근접된 시기는 그 후에 다시 없었다.[20) 이규보는 "동명왕편"을 창작하는 기회에 종래의 의식에서의 질곡을 깨고 민족적 전통에 대한 새로운 평가를 구현코자 하였으며 영웅서사시는 "삼국사기"가 내포하는 사관과 표현 양면에 정면으로 도전하는 결정적 반론이라 할 수 있다. 이렇듯 김부식의 역사서술에 대한 이규보의 회의는 시대변천에 따른 인식변화에의 결과이지만 지난날 무시되고 타개해 마지않았던 순수한 우리 전통의 문학적 포용이요, "문화창조 방향의 거대한 전환"이라고 조동일은 높이 평

20) 조동일(趙東一) : 한국문학통사 2 (지식산업사, 1982) p. 83.

가한다. 그러나 그가 "고려건국의 시조 동명왕 또는 주몽의 행적은 원래 서사시로 구전(口傳)되었다."고 전제하고 이규보의 "동명왕편"이 "한 말로 규정해 본다면 고대의 영웅서사시를 재현한 작품"으로 주장함은 그 논리적 근거가 지극히 희박한 하나의 희망사항이거나 당위론적 추론일 가능성이 짙다. 그는 "동명왕편"을 영웅서사시로, 시기적으로는 그 전후에 놓이게 되는 "역대가"나 제왕운기"는 설사 그것이 오언 · 칠언의 형식을 취했더라도 그것이 전통서사시(傳統敍事詩;Epos)와는 너무나 거리가 멀다. 이들은 이우성에 와서는 역사시로 명명되나 이 또한 공인된 술어가 아닌 한에 있어서는 영사시 혹은 역사시나 아무래도 좋다. 이 밖에도 "월인천강지곡(月印千江之曲)"이나 "석보상절(釋譜詳節)"과 같은 불교내용인 것을 불교서사시, "용비어천가(龍飛御天歌)"와 같은 조선조 개국과 관련된 것을 왕조서사시로 명명함은 내용에 따른 구분이라 할 수 있으나 너무 안일한 편의주의에 치우친 점이 없지 않다.

문예학 용어도 학문의 술어나 용어처럼 범세계적 보편성이란 규범을 염두에 둘만 하다.

결론적(結論的)으로 조동일은 영웅서사시 "동명왕편"을 주체의식에 의한 민족사의 재인식으로 평가하고 있으나, 이는 일찍이 이명선이 서사시를 집단적 공동체의식의 발현으로 본 견해나 훗날 이우성이 서사시를 민중 심리의 귀일과 민중 에네르기의 축적에 의한 민족적 저항정신의 발현으로 보는 주장과는 일맥상통하는 연계선상에 놓이는 것으로 이들은 작품자체 분석을 통한 문예적 해명보다 작품외적인 배경해석에 치우친(Extrinsic Approach)에 해당하는 연구라 볼 수 있다.

이와는 달리 "한국서사시의 형식이란 제호가 붙은 "동명왕편" 연구에서 주종연(朱鍾演)은 작품 자체를 분석 내지 해석하는 장르론적 고찰과 한국 서사문학 양식의 변천사에서의 위상정립이란 이중적 해명을 시도한다.

그는 우선 구미학계에서 확정된 서사시의 양식적 특징과 구비요건을 포괄하는 개념정의를 도입하여 이의 한국적 적용을 기획한다. 전장에서 설명한 서사시의 구비조건과 제 특성이 놀랍게도 "동명왕편"의 분석에서 얻어지는 결과와 일치한다는 결론을 접하게 된다.

이른바 영웅서사시 Epos가 성립될 수 있는 내용과 형식적 요건을 민족적 영웅, 배경의 웅대, 험난한 여행, 의식적인 문체, 민족의 보편주의적 주제 등으로 요약될 수 있을 때 "동명왕편"이 담고 있는 내용이 형식에 있어서 하나 손색없는 서사시의 전형으로 세계성을 획득하고 있다는 주장이다. 이와 같은 결론을 도출케 된 논리적 근거는 다음과 같이 요약될 수 있다.

첫째, 주몽이 고구려를 건국함으로써 북만주와 몽고 그리고 멀리 광활한 중앙아시아까지 뻗친 북방종족의 혈연을 차단하고 한반도의 북방부와 만주의 동남지방을 한 묶음으로 총괄하는 정치집단의 중심인물이 되었고 이를 토대로 산재된 여러 부족들을 규합한 응집력 내지 구심점이 되어 날로 북진 팽창하는 한족(漢族)을 억제 내지 대치할 수 있는 강력한 고대국가를 이룩한 창업주라는 면에서 그는 이 민족의 으뜸가는 전설적 영웅이며,

둘째, 해모수(解慕漱), 주몽(朱蒙), 하백(河伯), 유리(類利)로 이어지

는 등장인물들의 활동무대가 북방대륙에서 남반도에 뻗친 광활한 땅과, 거리가 2억8천7백8십리에 달하는 창궁(蒼穹), 그리고 깊은 수중세계 등 하늘과 육지와 물속 깊이라 할 때 이는 참으로 놀라운 상상력에 의한 장대한 Setting이란 것이며,

셋째, 해모수가 유화(柳花)와의 혼인담판을 위해 창궁에서 하강하여 수중 깊이 하백(河伯)의 나라로 찾아가고 주몽이 금와왕(金蛙王)과 그 아들의 박해를 피해 남하하여 졸본천(卒本川)으로 도망가는 과정, 원자(元子) 유리(類利)가 동부여에서 수수께끼를 풀고 단검을 얻어 생면부지의 아비를 찾아 고구려로 남하하는 과정 등은 통과제의로 풀이될 수 있는 성취를 위한 험난한 행장이라는 것이며,

넷째, 고율시(古律詩) "동명왕편"의 본시인 280여 구 1,400여 자가 오언이란 규제된 형식미를 갖추고 있다는 것이며,

다섯째, 지난날 신라 중심의 왜소하고 축소되고 고루한 상황을 극복하고 고려건국 이후 일어나기 시작한 원대한 시야가 지난날 빼앗긴 북방의 고토를 다시 찾으려는 은밀한 열망을 낳았던바 이는 시대정신의 표출로 가히 전 민족적 희구라는 점에서 보편성을 갖는다는 점 등이다.

이와 같은 구미의 문예이론이 한국적 적용은 자칫 구미 우위의 학문적 사대주의로 오해받을 소지가 없지 않으나, 일천(日淺)한 우리의 학문연구의 여건으로 보나 우리 것을 보다 국제적 안목으로 조망(眺望)함으로써, 객관적 가치평가를 획득하려는 노력이라는 면에서 긍정적으로 수용할 만하다. 이는 문예양식의 우수성을 객관화시키려는 시도로 볼 수 있다.

이와 같은 "동명왕편"이 취하고 있는 서사시로서의 내용과 형식의 특성을 분석한 주종연은 그것을 토대로 신화에서 비롯된 서사문학의 사적 위상을 정립한다. 그는 문학사를 문예양식의 변용사로 보고 한국서사문예사(韓國敍事文藝史)의 발전과정을 재정비한다. "삼국사기" 열전을 역사로부터 분리된 이 땅의 최초의 서사 문예 양식으로 보고 그 다음 단계 서사시 "동명왕편"을 그 다음에 고려의 가전체를 설정하여 지금의 대표적인 서사양식인 소설(Novel)에 이르기까지의 과정을 살핀다. "동명왕편"은 물론 이규보에 의해 창작된 이야기는 아니다. 그것은 어느 의미에서 보면 역사적 충동도 아니요, 창조적 충동도 아닌 오히려 이 양자가 합쳐진 재창조적 충동에 의한 재화(再話 : re-telling)인 것이다.

종교적 신화, 준역사적 전설, 허구적 민담 등 신화 · 역사 · 설화의 혼합물로서의 영웅의 이야기를 시적설화(詩的說話 : Narrative)의 형식으로 전개시킴이 서구 서사시의 공통된 요소라 한다면 "동명왕편"은 이의 양식적 특성과도 그리 먼 거리에 있지 않다. 전승된 이야기(traditional story)를 재창조적 충동에 의해 오언율시의 양식으로 재화(再話)함은 의식적인 문학행위로 우리나라 서사문학 역사상 획기적인 사건임에는 분명하다. 이 재화는 메마른 이야기 줄거리만의 전수가 아니라 감정이입마저 깃들인 문학적 처리로 전통적 서술양식의 변형 속에서 이루어진 것이기에 그 의의는 사뭇 크다.[21]

이렇듯 작품자체를 양식의 특성과 결부시킨 논의는 엄밀히 말해서 연구사적으로 볼 때 주종연은 장덕순과 맥을 같이한다. 주종연

---

21) 주종연(朱鍾演) : 전게서(前揭書) p.47.

은 "동명왕편"이 갖고 있는 양식적 특성을 보다 심화시켰을 뿐더러 한국 서사 문학사상 위상마저 나름대로 정립시켰다는 점이 진일보된 연구업적이라 할 수 있을 것이다.

이미 설명한 일군의 연구자들이 취하였던 작품외적인 고찰 또한 매우 중요한 문학연구일 수도 있지만, 작품자체의 분석과 해석에서 얻어지는 연구결과로 양식적 특성과 문예가치 해명뿐만 아니라 문학사적 위치마저 조망하는 연구방법은 장덕순 · 주종연이 취한 연구태도이다.

이밖에 김열규(金烈圭)가 "동명왕편"을 혼사(婚事), 등극(登極), 태자책봉(太子册封) 등 3대에 걸친 거사가 통과의례(通過儀禮)란 사실에 유념하고 신화 내지 민속학적 관점에서 해석한 바 있으나,[22] 이 또한 본 연구의 심화기에 속한다고 볼 수 있다.

이규보의 고율시 "동명왕편"은 이상과 같은 두 가지의 상이한 연구방법론에 의해 조명되어 한국문학사에서 어느 정도 위상정립과 그 해명이 이룩되었다.

---

22) 김열규(金烈圭) : 동명왕편의 3대 기적 문제 (새문사, 1986) p.Ⅲ.45.

Ⅲ. 서사시(敍事詩) 생성(生成)의 역사적(歷史的) 배경(背景)

한반도에서의 우리 민족의 역사는 특히 고대사에 있어서 중국과는 매우 밀접한 함수관계가 있었음은 이미 주지의 사실이다.

강력한 한(漢)의 세력팽창에 자극되어 그에 대응하는 결집체가 필요하였으나 아직 부족국가의 형태를 벗어나지 못하던 이 땅에 점차적으로 삼국이 국가의 형태를 갖추게 되는 계기가 되었다고 보는 견해는 정치세력이라는 힘의 원리로 역사를 파악하고자 하는 주장으로 타당성이 없지 않다. 따라서 동아시아의 정치질서는 적어도 역사시대 이후로는 중원(中原)에서 명멸했던 정치세력 판도에 따라 그 상황이 변모하였으며 강력하게 대항했던 고구려가 멸망한 이후 한반도의 정치적 · 문화적 변모도 어쩔 수 없이 중원과는 상관관계에 있었음도 부인할 수 없는 사실이었다.

고려는 건국도 기실 이와 같은 정치세력이라는 힘의 원리로 파악할 때 논리적이고도 합리적인 근거를 갖게 되는 것이며 그 후에 고려가 펼쳐나간 다소 민족적 국시(國是)와 이에 따르는 문화정책도 충분히 해명될 수 있는 것이 아닌가 한다. 노쇠한 신라를 짓누르고 지방에서 창궐한 토후를 합병하여 새로운 정치세력으로 등장한 고려의 출현은 중원에서의 당(唐)의 멸망과 크게 연관을 갖는다. 동아시아에서 기원 전후에 창궐(猖獗)한 고대국가를 병합하거나 복속시키며 강력한 정치적 통합으로 세력을 확장한 당은 300여 년간이나 동서문물의 집산(集散), 정치 · 문화의 중심인 종주국으로 군림하여 왔다. 한반도를 포함한 동북아의 제국은 이와 같은 힘의 원리에 의한 질서아래서 중국의 문물과 제도를 규범으로 삼으며 길들여왔다.

아직 고유의 문자를 갖지 못한 동아시아의 변방에서 한자는 언어표시의 유일한 수단이 되었으며 그것은 적어도 만국공통어라는 언어수단 이상으로 저들의 사고마저 길들어져 중화사상(中華思想)의 깊은 늪에서 허우적거리며 변방의 약소민족들이 자기의 고유한 뿌리마저 서서히 잃고 사대교린(事大交隣) 내지 모화사상(慕華思想) 타성에 점차 깊이 빨려들어 갔다.

그 후 서기 907년에 있었던 당의 멸망은 중국 북방에서 무기력하게 중원에 복속하던 여러 민족들에게는 일대 각성의 계기가 되었다.

918년에는 한반도에서 고려가, 919년에는 계단(契丹)이 건국되고 다시 937년에 요(遼)로 개칭되는 강력한 국가로 변신하게 되었고, 1115년에는 여진족(女眞族)들이 금(金)나라를, 그 후 1188년에는 훗날 중원마저 석권하게 되는 원(元)의 전신인 몽고가 테무진 "성길사한(成吉思汗)"으로 불리는 촌장에 의해 몽고민족국가를 이룩하는 기초를 마련한다.

이렇듯 당의 멸망은 아시아의 북방 민족들에게는 긴잠에서 깨어나 민족적 자각심을 일게 하여 다투어 민족국가 건설에 박차를 가해 각기 주체적 입장에서 민족의 역사를 근본적으로 다시 생각하게 하는 계기가 된 것이다. 민족국가 건설과 더불어 서하(西夏)나 요(遼) 그리고 금(金)과 몽고가 각기 고유의 문자를 서둘러 개발함도 한자문화권 중원으로부터의 문화적 독립은 물론 역사를 각기 주체적 입장에서 파악코자 한 시도로 해석해야 할 것이다.

고려가 건국한 이후 200년이 지나 비교적 안정기에 접어들면서 국가사업으로 "삼국사기" 편찬을 기도하였음은 위와 같은 맥락에서 파악되어야 한다. 기실 신라의 삼국통일도 엄격한 의미에 있어서 한수 이남의 통일, 즉 백제만을 통합시킨 것 이외 아무것도 아니다. 당의 지배하의 질서 속에서 신라는 고구려의 합병마저 주장할 힘도 없었을 뿐더러 그와 같은 위치나 입장에 전혀 놓여 있지 않았다.

이웃나라가 당에 의해 괴멸되었다는 것 이외에 저들마저 동족이기에 포괄되어야 한다는 동정적 의식도 전혀 갖고 있지 않았다.

그러므로 비록 신라가 더욱 장수하기는 하였으나 고구려 · 신라 · 백제 등 해동(海東) 삼국의 역사를 대등한 위치에서 총체적으로 조망(眺望)할 수 있게 된 것도 고려에 와서 비로소 가능하였으며, 이와 같은 총체적 조망(眺望)의 정신적 배경에는 동질서의 확인이라는 민족적 주체의식의 각성과 그 실현에 크게 힘입어서가 아닌가 한다. 이는 모두가 대당(大唐)의 멸망이라는 동아시아에서의 균형상실이 초래한 역사적 사건의 여파로 해석되어야 할 것이다.

1. 민족주의(民族主義)의 발흥(勃興)

고대 전제국가(專制國家)인 당제국이 근 300여 년간이나 강력한 통치 끝에 멸망한 10세기 전후를 동아시아에서는 하나의 역사적 전환기로 보는 것이 오늘날 동양사 서술에 있어서 공통된 인식으로 받아들여진다.

당제국의 붕괴가 동아시아 전역에 커다란 변동을 초래케 된 근본적 원인은 중원을 지배하던 강력한 통제력의 상실로 그것은 중국 자체 내에서 일어난 사회질서와 그 질적 변화에 우선 기인된다고 볼 수 있다.

경제적으로는 지난날 내내 답습하던 농업과 수공업 그리고 유통기구에 걸친 모든 생산력이 괄목할만한 약진으로 구조상의 일대 변혁을 초래케 되었으며 정치적으로는 육조(六朝) 이래 군림하던 문벌(門閥) 귀족들이 몰락하고 새로이 대두한 지주층이 사회의 지배층이 되어 과거제도를 통해 재편된 전제국가를 지탱하는 사회적 기반이 된다. 중앙집권적 강력한 통제력의 부재는 훗날 5대 10국의 혼란한 내치를 야기시키고 급기야는 변방의 제국가(諸國家)들이 새로운 민족적 각성과 더불어 전열을 가다듬고 종래 묵묵히 복속하던 중원에 반기를 들게 된다.[1] 그리하여 10세기 이후에는 오랫동안 당의 지배에서 벗어나 중국의 동북에는 계단(契丹)이, 서북에는 서하(西夏)가 흥기하고 화북에는 금(金)이 몽고 고원에는 원조(元祖)의 맹아(萌芽)가 솟아 제각기 민족중심의 강력한 독립국가를 건설하고 자기의 영

1) 궁기시정(宮崎市定), 조병한 역, 중국사 (역민사) pp.217~223.

역을 확장케 된다. 고려의 건국도 이와 같은 북방민족에 일기 시작한 새로운 국가창건의 일환으로 파악되어야 할 것이다.

이와 같은 흥기한 북방의 새 민족들 가운데 특히 요(遼)와 금(金)과 원(元)은 대체적으로 지난날 중국으로부터 정치적으로나 문화적으로 압도된 영향과 이입(移入)에도 불구하고 문화적 대응방식에 있어서도 그들 나름대로의 독자적 양식으로 대치하였을 뿐더러 중국과는 강한 이민족 의식을 갖고 있었다.

이 점은 강력한 힘에 잠시 눌려 있었으나 결코 쇠하지 않는 불굴의 민족적 자주의식 또는 주체의식으로 파악된다.

이와 같은 문화적 주체성은 다소 시간의 차이가 있기는 하였으나 서하(西夏)와 요(遼), 금(金)과 원(元)이 제각기 고유의 문자를 창제하게 되는 쾌거에서 더욱 분명해지는 것이다. 이웃 일본도 7, 8세기에 그들의 고유문자인 "가나 문자(假名)"를 가지게 됨을 감안하면 동북아시아에서 한국이 가장 늦게 고유문자를 가지게 되는 후참국이 된다. 물론 이두(吏讀)에 의한 향찰(鄕札)이 있었지만, 그것은 한자의 음훈(音訓)을 빈 활용에 지나지 않아서이다. 이와 같은 민족적 자립의 상징으로 간주되는 제민족의 고유문자 계발에 못지않게 10세기에 이들 북방민족들은 공통적으로 문명화된 새로운 국가적 질서를 누리게 된다. 그것은 점진적으로 일반적인 지배논리를 지향한 동아시아에서의 새로운 국제질서를 야기케 한다. 중국 자체 내에서의 여러 산업의 발달과 특히 이슬람 상인들의 동아시아 진출과 중국 주변 제국들과의 통상희구는 동아시아에서의 국제관계의 축(軸)을 중국을 중심으로 하는 정치적 복속의 관계에서 통상을 매개로

하는 경제적 이윤관계로 이행시켰던 것이다.[2)]

이와 같이 절대복종과 휘두르던 대당제국(大唐帝國)의 멸망을 계기로 10세기 전후의 동아시아의 판도는 새로운 정치질서를 필요로 하였으나, 궁극적으로는 북방의 제국들이 각기 강력한 민족국가로 성장하는 결과만을 초래케 된다. 이들 북방제국들은 역설적으로 당으로부터 배워 들인 통치술인 강력한 중앙집권적 전제국가를 답습하고 심윤(深潤)된 고도의 당문화, 즉 중국문물의 영향으로 각종 제도와 율령(律令)체계를 받아들여 독자적 제국을 형성하는 계기로 삼았던 것이다. 이들은 이념적으로는 전통적인 중화사상(中華思想)과는 다른 민족주의 이념의 기치를 앞세웠지만 문화적으로는 중원에서 한 발자국도 벗어나지 못한 테두리 안에서 맴도는 기현상을 낳게 된다. 이들 제국의 통치자들에게는 중화사상의 요체인 유교사상과 이에서 비롯되는 각종 제도와 양식이 말할 수 없이 긴요한 지배의 도구로 받아들여지게 되었음은 물론이다.

대당(大唐)은 절대 권력과 그 영향력을 상실하였으나 이들 북방의 여러 신흥민족국가에게 국가경영과 강력한 통치술을 가르쳐 준 셈이 된다. 그리하여 당으로부터 배워들인 중앙집권적 통치술을 바탕으로 효과적인 제국을 건설한 이들 북방의 제국들은 다소 민족적 색채를 띤 강국으로 성장하며 10세기 이후 동아시아의 새로운 역사의 주역으로 등장하게 된다. 문화적으로는 중원의 것을 향유하면서 이념적으로는 그들이 이미 익숙한 지식의 방법과 범위 안에서 민족의 뿌리를 찾고자 하는 이율배반은 이 시기의 공통된 특징이 아닌

---

2) 송환도웅(松丸道雄) 외, 조성을 역, 중국사 개설 (한국아카데미) p.240.

가 한다. 문자의 창제와 민족역사의 재조명은 이들 변방민족들에게 공통되는 당시의 시대정신의 표출로 보아야 할 것이다.

2. 과거제도(科擧制度)와 시(詩)·부(賦)의 과시(科試)

흔히 문화란 그 시대의 지배적 규범과 양식으로 규정한다. 근세도 결코 예외는 아니었지만, 특히 고대에 있어서 한 국가와 민족이 이민족이나 타국가의 무력에 눌려 지배나 복속(服屬)관계에 있을 때 이들 지배자의 제도와 율법을 포함한 문물의 강제시행과 그 추종은 피할 길이 없었다. 그리고 오랜 역사의 변천과정에서 힘의 융성과 쇠퇴의 법칙에 따라 지배자의 패퇴로 강력한 그들의 영향력이 상실되었을 때 피지배 민족들은 결코 저들의 것이 아닌 기존의 강요된 논리나 이념, 규범이나 양식의 구각(舊殼)을 벗어버리듯 서둘러 부숴버리고 고유의 전통 속에 복귀하여 새로운 질서를 찾게 마련이다. 그러나 10세기 이후 강력한 당의 멸망으로 그 통제력에서 벗어난 동아시아의 제국들은 각기 고유의 문자를 창제하는 등 민족문화 창달을 꾀하였으나 새로운 강력한 전제주의적 중앙집권국가를 경영유지하기 위하여 고도의 통치력과 경영수단이 필요했다. 이와 같은 절실한 욕구를 이행하기 위하여 당대의 문화담당계층인 지식계급 즉 사대부의 협조가 현실적으로 필요했던 것이다. 여기에서 사대부란 한문에 통달한 유학자로 교양을 갖춘 지식인 정도로 규정함이 적절한 표현이 아닌가 한다.

이른바 사서삼경(四書三經)으로 대표되는 유학을 이해하고 한시(漢詩)나 부(賦)를 짓고 음미할 수 있음이 이들 사대부의 기본적인 덕목이며 최소한의 교양이었다. 전제적 통치자는 이들 사대부의 협조가 필요했고 문화의 보전과 창달을 위해서도 사대부를 양성하지 않으면 안 되었다. 중국은 일찍이 계발한 한자와 높은 수준의 문화로 말미암아 물리적 힘의 통치는 상실하였으나 문화적으로는 그 후 오랫동안 동아시아에서 계속적으로 종주국의 위치를 누리고 있었다 해도 과언이 아니다. 왜냐하면 그들이 이룩한 높은 수준의 문화는 위대한 문화가 갖는 보편적 요소를 지니고 있기에 그것이 여타 민족에게 저항감 없이 전파되고 영향을 주는 계기가 될 수 있지 않았는가 한다.

신흥 고려가 쌍익(雙翼)의 제언으로 채택한 과거제도는 위와 같은 논리를 대변하는 대표적인 경우라 할 수 있다. 고려는 건국 이후 비교적 일찍부터 고등 관리의 등용을 위해 과거제도를 중국으로부터 도입 실시하였다. 그 시험은 제술업(製述業) · 명경업(明經業) · 잡업(雜業)의 셋으로 나뉘었다. 이 가운데 제술업은 시(詩) · 부(賦) · 송(頌) · 책(策) 등의 문학으로 부과하였고 명경업은 서역(書易) · 시(詩) · 춘추(春秋) 등의 유교의 경전(經典)으로 시취하였으며 이들 양업은 잡업이 기술 관리인데 반해 모두 문신을 등용하기 위한 가장 중요한 국가고시였다 한다.[3]

여기서 중시하여야 할 것은 고려의 지배층, 즉 사대부들은 위에 부과된 과목으로 미루어 보아 중국의 문학에 뿐만 아니라, 그 사상

---

3) 이기백(李基白) : 한국사신론(韓國史新論) (일조각, 1948) p.143.

적 지주요, 그들의 끊임없는 이념이기도 했던 유학적 바탕 위에서 사고(思考)한 인물들로 보아야 한다. 아직 고유문자조차 갖지 못한 당대의 형편으로는 한자를 표기수단으로 쓰기에 중국문화에의 깊은 탐닉과 타성은 상상을 초월하고도 남음이 있다.

비록 임하는 태도나 정신은 각기 다르다 하더라도 김부식이 사마천 "사기(史記)"에서 "삼국사기"의 전범(典範)을 찾고 이규보가 당대에 이미 완성된 오언과 칠언의 율시에서 "동명왕편"의 형식을 빌었다 하더라도 하나도 이상할 것이 없다. 다만 문제될 것은 아직 제 그릇조차 갖추지 못하였을 때 남의 좋은 그릇을 빌어 우리의 무엇을 어떻게 담았느냐가 문제가 된다. 문제가 아직 없는 시절 만국 공통문자인 한자의 이용은 결코 부끄러움이 아니다. 그것을 한낱 수단으로 그 시대에 우리의 정신을 표출하였다면 이 같은 행위는 오히려 자랑이 될 수 있기 때문이다.

3. "삼국사기(三國史記)"의 관찬(官撰)과 고려국시(高麗國是)의 정립(定立)

주지하는 바와 같이 7세기 한반도에서 나당(羅唐)연합군의 대승으로 백제와 고구려를 궤멸시킨 이후 당의 세력을 이 땅에서 구축한 것은 외교와 군사력 영면에 걸친 신라의 끈질긴 노력에서 얻어진 결과라 할 수 있다. 그러나 이후 신라가 차지할 수 있는 영역은 초기의 한수 이남에서 대동강(大同江)과 영흥만(永興灣)을 잇는 그

남부지역에 국한된다.

말하자면 백제의 전역과 고구려가 차지했던 일부 남쪽지역에만 국한되어 통일신라의 영역으로 삼게 된 것이다.

10세기에 발흥(勃興)한 고려의 영토는 그들이 처음부터 내세웠던 국사대로 통일신라와는 비교도 안 될 정도로 훨씬 북상된 광활한 영역까지 세력을 확장시킨다. 노쇠한 신라말기 반도의 서남부에서 그 세를 일취월장시키던 견훤(甄萱)의 후백제를 정벌한 고려는 신라의 마지막 임금인 경순왕(敬順王)의 항복을 받아내는데 이어 계단(契丹)에게 멸망한 발해(渤海)의 고구려계 지배층들이 대거 고려 조정에 투항해 옴으로써 명실공히 구 삼국의 지배영역을 통일시키는 새로운 패자(覇者)의 지위에 오르게 된다.[4)]

태조 왕건(王建)은 후삼국의 혼란을 수습하고 새로운 강력한 통일왕조를 건설하는데 성공한 창국 영웅이 된다.

그러므로 위에서 이미 언급한 바와 같이 중원에서의 강력한 통치와 지배력의 상실은 북방 제국의 새로운 탄생을 낳았고 이들에게 일기 시작한 다소 민족주의적인 강한 의식은 그들 고유의 문자를 창제하고 역사를 그들 민족의 주체적 입장에서 파악하고자 하는 새로운 운동이 일어났으며, 이와 같은 영향은 신흥 고려왕조에서도 일기 시작하였다고 볼 수 있다.

고구려의 고토(故土)를 회복할 참다운 후계자로 자처한 고려의 국시는 참으로 획기적인 새로운 역사적 안목을 포용한다. 그것은 지난날 서로가 치열한 경쟁국으로 정립하다 외세의 도움으로 고작

---

4) 이기백(李基白) : 전게서(前揭書) pp.124~125.

백제만을 병합시킨 신라 중심적인 편협된 사관(史觀)과는 근본적으로 동일시할 수 없다. 고려는 서로가 정립하여 철저한 투쟁을 일삼았던 구 삼국과는 어떠한 직접적 원수관계에 있지 않았기에 오히려 한반도에서의 마지막 종주국을 자처하던 신라를 무너뜨린 장본이기에 훨씬 고양된 객관적 입장에서 해동삼국(海東三國)을 대등하게 조망할 수 있는 총체적 위치에 놓이게 된 것이다. 이와 같은 국내의 역사적 흐름에 획득한 자체 존립의의는 동아시아의 북방지역에서 불기 시작한 팽배된 민족주의 의식과 맞물려 증폭되어 상승될 수밖에 없었다. 이 뿌리 찾기 운동은 거시적 안목으로 진행된 고려의 지상지고(至上至高)의 국가이념이 되어 국가정책으로 강력히 추진되기에 이른다. 여기에 신흥왕조의 지배세력인 사대부들의 협조는 필연적인 요청이었다.

새로운 사관에 입각한 민족역사의 새로운 정리 작업은 이들 사대부들의 중요한 책무가 되었다.

유교적 합리주의와 이성존중의 논리는 이미 그들이 오랫동안 숭앙하고 습득한 교양이며 이와 같은 정신에 입각하여 해동삼국의 역사에 새로운 질서를 불어넣는 개편작업이 "삼국사기"를 탄생시키는 동기가 되었다. "삼국사기"는 그 서두에서 밝히고 있듯 11명의 학자들에 의한 관찬사업(官撰事業)이며 김부식은 전체적인 기획과 편집방침을 세우고 간간이 사론(史論)을 집필함으로써 대표 집필자격이 된다. 김부식은 "삼국사기"의 서문이랄 수 있는 진삼국사표(進三國史表)에서 이 작업이 절대적으로 왕명(王命)에 의한 것임을 직접 인용하여 그것이 불가피하고도 엄숙한 시대적 사업임을 아래와 같이 밝혔다.

"…지금 학사대부(學士大夫)들이 모두 오경(五經)과 제자백가(諸子百家)와 진한(秦漢) 역대의 사서(史書)에 통달하여 상세히 알고 있는 사람이 많으나 우리나라의 사실에 대하여는 도리어 망연(茫然)하며 그 시말(始末)을 알지 못하니 심히 통탄할 일이다. 항차 신라, 고구려, 백제가 나라를 세우고 서로 정립하여… 〈한서(漢書)〉나 〈당서(唐書)〉에 우리에 관한 열전(列傳)이 있으나 저들의 것은 상세히, 외국의 것은 간략하게 써놓아 상세하지 않고 또 고기(古記)에는 문자가 거칠고 잘못되고 사적(事蹟)이 빠져 없어진 것이 많으므로…"[5)]

당대의 석학(碩學)이라 자처하는 학사 사대부들이 중국의 경전(經典)과 사서(史書)에는 통달함을 서로 자랑으로 여겼으나, 정작 우리 조상들이 이 땅에 나라를 세우고 지켜온 사적들에 관하여 아는 바가 적으면, 더구나 중국 측 역사서에 우리의 것이 소략하게 수록되어 겨우 명맥을 유지한다면 항차 이 부끄러움을 어찌 할 것인가를 자탄한다. 이것은 실로 놀라운 각성이며 민족적 자각을 일깨우는 복음(福音)이라 하지 않을 수 없다.

인종(仁宗)의 어명은 다음과 같이 편찬된 사서(史書)의 내용과 그 의의를 규정한다.

"이 땅에서 정립(鼎立)한 우리 조상들이 세운 나라 신라, 고구려, 백제의 신하의 선악(善惡)이나 그 신하된 자들의 충사(忠邪)나 국가의 안위

5) 김부식(金富軾) : 삼국사기 서문〔진삼국사표(進三國史表)〕.

(安危), 백성들의 난(亂)들을 모두 잘 드러내어 후세 사람들에게 귀감(龜鑑)이 되도록 이 땅의 역사를 엮어내어 이를 만세(萬世)에 걸쳐 후손들에게 교훈으로 삼을진저"

역사의 교훈이나 삶의 지혜는 이민족인 중국의 것이 아닌 우리네 조상들의 지난날 행장에서 찾아야 한다. 여기서 조상이란 이 땅에서 삶을 영위했던 옛 삼국을 가리킨다. 말하자면 고려는 한반도에서 정립하였던 초기 고대국가들을 통합적으로 계승 발전시킨 소임을 자처하여 유구한 민족사의 위상을 새롭게 정립하고자 했다고 해석하여야 할 것이다. "삼국사기"는 그 기술방식이나 사관(史觀)에 다소 부정적 해석도 배제할 수 없어 한말(韓末) 김택영(金澤榮)이 내외학자의 견해를 종합하여 중국 위주의 사대적인 서술을 자주(自主)로 바로잡은 "교정삼국사기(校正三國史記)"가 나왔으나 근본적으로는 민족사의 맥을 바로 잡으려는 새로운 시도였음이 분명하다. 고문헌에 심심치 않게 등장하는 "고기(古記)"나 "구 삼국사"의 현물이 전하지 않는 시점에서 "삼국사기"와의 차이점을 전혀 가늠할 길은 없다.

지난날의 삼국을 아무런 편견 없이 대등하게 대할 수 있는 여유, 그들이 일찍이 깊이 경도되었던바 중국적인 규범(規範)과 전범(典範)을 원용하여 우리 것을 재단하여 새로운 질서를 부여코자 한 의지, 정신문화적으로는 사대를 일삼으면서 중국과는 이질시(異質視)하는 민족적 자각, 유교적 가치관과 이념에 입각한 역사관, 이들 모두는 "삼국사기"가 안고 있는 기본정신이며 그것은 항차 고려가 지

향하는바 국가이념의 또 다른 표현임을 간과할 수 없다.

국가 창건 이후 자못 안정기를 맞이한 고려중엽에 왕명(王命)에 의한 사서의 관찬사업은 단순한 역사정리 이상의 국가의 이념정립을 검토하고 확인하는 의미부여 행위로 보아야 한다. 그러므로 그것은 향후 공인된 최고의 규범이 되어 고려의 문화 창달에 지대한 영향을 끼치며 역사의 지표로 남게 된 것이다.

4. 역사문학(歷史文學)의 위상(位相)

일찍이 조동일은 그의 역저 "한국문학통사 2"에서 이규보의 "동명왕편", 일연의 "삼국유사" 그리고 이승휴의 "제왕운기" 등 이들 고려후기의 역사문학을 크게 보아 "삼국사기"에 대한 반론이라 규정지었다. 왜냐하면 무신란(武臣亂)을 겪은 후 고려전기 귀족문화의 규범이 무너졌기에 고려전기 귀족문화의 규범을 대변하고 그 이념적 제약을 받았던 "삼국사기"가 불신(不信)되지 않을 수 없었다는 것이다. 이에 따라 중국 중심주의가 흔들리고 주체의식의 성장으로 원(元)의 통치로부터 벗어나 민족국가로서의 긍지를 회복할 필요성이 생겼으며, 중국과의 사대관계를 유학(儒學)으로 합리화하자는 전제 위에서 씌어진 역사서인 "삼국사기"는 시대적 관점에서도 극복될 수밖에 없었다는 정황을 개진하였다.[6] 이와 같은 논리는 고려의 내외적 사태 곧 무신란과 원(元)의 침략을 하나의 기점으로 하여 고

6) 조동일(趙東一) : 한국문학통사 2 (지식산업사, 1982) p.83.

려사를 전 후반으로 양분하여 조명하는 역사이론에 입각한 것이긴 하지만 몇 가지 의문을 제기하지 않을 수 없다.

첫째, 이른바 고려전기 귀족문화의 이념적 규범이 상기한 양대 사건 이후 괄목할만한 변화가 어떻게 이루어졌으며 그것은 무엇으로 대체되었는가.

둘째, 중국 중심주의적 사대관계에서 벗어나 역사를 민족주체의 입장에서 다시 보려는 주체의식의 각성이 고려건국과 존립의 이념을 이미 설정하고 있는 마당에서 몽고의 침략 이후에 새로이 싹텄다는 논지는 대저 무엇에 근거를 두고 있는가.

셋째, "동명왕편", "삼국유사", "제왕운기" 등 이른바 역사문학이 궁극적으로 "삼국사기"에 대한 반론이라고 하는 바 이들 역사문학이 질적으로나 양적으로나 더욱 이념적으로 "삼국사기"를 극복할만한 새로운 문화 창출의 원동력이 되었는가 하는 의문이다.

1170년 장군 정중부(鄭仲夫)의 반란으로 비롯되어 최충헌(崔忠獻)을 거쳐 최이(崔怡)에서 막을 내린 고려의 무신정권(武臣政權)이 문신을 몰아내고 왕을 허수아비로 만드는데 성공을 거두었으나, 문물제도를 근본적으로 뒤집어엎고 새로운 역사의 시대를 여는 획기적 역할을 담당하였다고는 생각되지 않는다. 그들은 문신으로부터 토지를 빼앗고 절대 권력을 쟁취하고 잠시 전횡을 일삼았을 뿐, 말하자면 권력담당자가 교체되었을 뿐 거시적으로는 기존체제의 유지 및 답습의 그 이상도 이하도 아니었다. 훗날 몽고의 침략으로 잠시 강화도로 옮겼다가 개경(開京)으로 천도한 이후 정치권력이 다시 왕에게 넘어가는 왕정복고(王政復古)로 고려의 중앙집권적 왕정체제는 제자리에 돌아온 것에 지나지 않는다.

여기서 일어난 커다란 변화는 기존 귀족층의 몰락과 과거로 등용된 사대부세력의 괄목할 만한 정계진출이다. 사대부란 위에서 이미 언급한 과거시험 가운데 주로 제술업에 합격한 무리들로[7] 그들은 학문적 교양을 갖추었을 뿐만 아니라 정치실무에도 능한 학자적 관료들이라 일컬을 수 있다. 그들의 학문적 교양이 부(賦)·송(頌)·책(策)과 같은 중국문학, 서(書)·역(易)·춘추(春秋)와 같은 유교의 경전에 바탕을 둔 것임을 감안할 때 더욱 이들이 정치와 문화담당계층으로 존속하였다면 전기의 귀족문화의 이념적 규범이 어떻게 달리 무너질 수 있을까 하는 의문이다.

고려 건국 초기부터 이미 일기 시작한 민족 주체적 각성이 그 이념적 구현으로 말미암아 "삼국사기"를 관찬케 하였던 바 몽고의 침략과 그 통치로 주체의식이 더욱 성장하였다 함은 역사를 거시적으로 포괄하지 못한 점에서 비롯된 것이 아닌가 한다. 이미 앞에서 상술한 바와 같이 대당(大唐)제국의 멸망과 더불어 10세기 동아시아에서 시작된 제국의 민족국가 건설과 모국문자의 창제와 더불어 민족사를 새로이 조명하고자 하였음은 중원중심주의에서 탈피하고자 한 주체의식의 각성과 그 발로로 해석될 때 몽고침입 운운은 논리적 근거의 취약성을 면하기 어렵다.

다음은 고구려 후기의 역사문학이 크게는 이들 모두가 "삼국사

7) 고려일대(高麗一代)에 걸쳐 명경업(明經業)에 합격한 자는 450명 정도인데 반해 제술업(製述業)에 합격한 자는 6,000여명이나 된다고 한다. 〔이기백(李基白) 저(著) 한국사신론(韓國史新論) p.143. 참조〕

기"에 대한 반론이라는 논리다. 이규보와 일연은 각기 그의 저작물의 서두에서 창국의 대업에는 고금동서를 막론하고 괴력난신(怪力亂神)이 서려있음을 밝혀 옛날 성인의 가르침을 거역한다. 이들은 그 주장의 근거를 중국 고사에서 찾고 있음도 아울러 밝혀 저술의 내용과 집필의 태도를 피력했다. 그러나 "삼국사기"나 "삼국유사" 그 어느 저술에서도 괴력난신으로 치부된 "성(聖)"이나 "신(神)" 또는 "신비(神秘)"가 고조선을 포함한 구 삼국의 건국신화나 설화와 관련짓고 있음을 상세히 밝히고자 한 것이지 삼국의 역사서술 전반을 의미한 것은 아니다. 김부식도 삼국의 역사기술에 있어 그 건국에 얽힌 신화나 전설을 다소 합리성을 띤 개괄적 설명으로 단순화시켜 등채 시켰을 뿐으로 공자(孔子)의 언급을 좇아 삭제해 버린 것은 결코 아니다. 사료의 재정비 과정에서 산삭(刪削) 소략(疏略)시킨 부분을 구 사료에 의하여 보완시켰다는 점이 적어도 삼국에 관한한 이규보나 일연이 행한 일차적 의의가 아닌가 한다.

이규보는 "동명왕편" 서문에서 김부식이 편찬한 국사는 춘추필법(春秋筆法)에 의한 직필(直筆)로 쓴 글이며 그것은 세상을 바로잡는 글이기에 괴기담(怪奇談)을 소략(疏略)시킬 수밖에 없었음을 이해하고[8] 양귀비전(楊貴妃傳)에서의 백거역(白居易)의 역할을 상기시키며 고구려를 건국한 주몽전승을 문학적으로 형상화시키는 시인적(詩人的) 소임을 밝힌다.

---

8) …황국사직필지서 기망전지재 김공부식 중찬국사 파략기사 의자공위, 국사교세지서 불가이대이지사 위시어후세 이략지야(…況國史直筆之書 豈妄傳之哉 金公富軾 重撰國史 頗略其史 意者公爲, 國史矯世之書 不可以大異之事 爲示於後世而略之耶) (이규보 "동명왕편" 서문 참조)

이승휴 또한 "제왕운기"의 병서(幷書)에서 시의 제재를 본기와 "수이전(殊異傳)"의 것을 곁들였으나 전적으로 "삼국사기"에 의거하고 있음을 밝히고 있다.[9]

따라서 "삼국유사"의 역사적 가치는 향가(鄕歌)의 수록이라는 문학적 가치평가를 접어두면 고조선의 건국에 얽힌 단군신화와 그 후 이 땅에 삼국이 정립하기 전까지 멸망하였던 부족국가에 대한 새로운 자료제공이다. 이들은 모두가 기이(紀異) 제1편에 실려 사료로서의 가치를 드높일 뿐 그 이외 기이(紀異) 제2편 말미에 수록된 가락국가(駕洛國家)를 제외하면 초월적 신통력이나 불법력(佛法力)에 의한 불교설화의 모음집으로 태종을 이룬다. 그러나 일연이 삼국의 시조가 모두 신비스런 모습으로 나왔다는 것이 어찌 기이한 것인가 하여 이 땅 전래의 건국신화나 전설은 국사의 귀중한 사료로 수용 전수하려는 태도는 단순한 설화수집자의 위치가 아닌 훌륭한 역사기술의 태도로 높이 평가받을 만하다.[10]

이와 같은 시점에서 이승휴가 동국군왕(東國君王) 개국연대라는 병서(幷書)가 붙은 "제왕운기" 권하에 "단군기(檀君紀)"를 비롯하여 고구려 장군 대조영(大祚榮)이 세운 발해국(渤海國)을 편입시켜 더불어 거대한 줄기의 하나로 잡았음도 탁월한 민족주체적 입장의 표출로 이해할 만하다.

그러나 주지하다 싶어 "제왕운기" 상편에서 전적으로 중원(中原)·동삼성(東三省)에 출몰한 왕조와 제왕들을 다룬 점은 덮어 두

9) 근거국사 방채각본기여 수이전…(謹據國史 旁採各本紀與 殊異傳…)
10) 주종연(朱鍾演) : 한국소설의 형성(집문당, 1987) p.27.

더라도 권하의 본조군왕(本朝君王) 세계연대 모두(冒頭)에 당(唐), 숙종(肅宗)의 송악산(松岳山) 순례전설을 삽입시켜 개경(開京)을 새로운 왕조탄생의 성지로 미화시키는 등 끊임없이 첨가된 모화사상에 짙은 사대주의 사족을 어떻게 "삼국사기"를 극복코자 한 주체적 민족사관의 일환으로 보아야 할지 실로 난감하다.

김부식은 기록이나 혹은 구전으로 전해오는 종래 신화나 전설을 역사서에 등재하기를 거부했다. 더욱이 국가가 주체가 되어 벌이는 전통국사의 확정사업이기에 객관적이 아닌 사사로운 기술은 되도록이면 제외시켰던 것이다. 사서편찬의 주역들이 유교적 교양을 갖춘 사대부들이기에 신화나 전설이 내포하는 초월적인 것이 아닌 다소 합리적인 사실에 입각한다는 논리를 갖추었기에 왕국의 성쇠가 분명하였던 고구려, 신라, 백제만을 거론한 것이 아닌가 한다. 이들 삼국이야말로 고대사의 명백한 주류들이었으며 체계적인 사료들을 기록으로 전수시킨 고대국가였음을 의심할 여지가 없다.

서로가 정립하고 중국을 비롯한 외국과는 주권국가로서의 외교관계를 맺고 전제주의적 왕권을 오랫동안 지속시키고 그들 각기 본기를 남긴 공통점으로 하여 이 땅에서 참다운 역사시대를 연 주역들로 확정시킨 것이다. 그러기에 사서의 표제(標題) 또한 "삼국사기"로 민족사의 표본으로 확정지은 것이다. 신이롭고 괴기스럽기조차 한 신화나 전설은 각기 창업주들의 탄생과 건국에 이르는 과정에만 객관화시켜 간략하게 설명하고 있을 뿐 그 외는 사서의 본령대로 편년체적(編年體的) 기술에 따라 확정된 시공간에서 일어난 사건이나 국사를 다루어 엄정한 사서로서의 공정성과 객관성을 과시한다.

"동명왕편"이나 "삼국유사" 그리고 "제왕운기" 등은 "삼국사기"에서 누락되었거나 소략(疏略)시킨 사료들을 부분적으로 보완시키는 역할을 다소 이행할 뿐 정통국사로서의 사기(史記)의 위치를 전면 거부하거나 공략하여 어떤 극복된 사관을 제시한 것은 결단코 아니다.

이들은 개인에 의해 이룩된 서사시요, 설화집이요, 영사시(詠史詩)[11]인 역사문학으로 그 자체가 역사서가 아님은 명백한 사실이다. "삼국사기"를 정사로 "삼국유사"를 야승(野承)인 부사(副史)로 후일 학자들이 명명함은 "삼국유사"를 정사의 보완적 사료로서의 가치를 높여 부른 별칭 이외에 아무것도 아니다.

결론적으로 "동명왕편", "삼국유사", "제왕운기" 등은 거시적으로 보아 "삼국사기"가 안고 있는 역사적 욕구와 시대적 정신 그리고 그 이념과는 동궤(同軌)의 것이기보다 고양되고 극복된 것은 아니다. 관찬(官撰)과 사찬(私撰)의 차이, 역사서와 문학서와의 거리만큼 양식적 특성이 서로 다를 뿐 이들이 갖는 기본적 태도와 정신은 동궤(同軌)로 보아야 할 것이다.

5. 오언고체시(五言古體詩)의 수용(受容)

고려의 지배계층 가운데 귀족 문벌이 몰락한 중기 이후 등장한

11) 이우성(李佑成)은 "제왕운기"와 같이 단순히 지나온 역사를 차례로 읊은 시를 역사시라 하고 조동일은 이를 영사시(詠史詩)라 규정한다.

신흥세력은 대체로 과거(科擧)에 급제한 사대부들이다. 이들은 문학과 경전에 깊은 이해를 가진 지식인으로 아직 국자가 창제되기 전이나 한문 구사가 자유스러웠을 뿐더러 시작(詩作)에 있어 상당한 경지에 이르고 있었던 것 같다. 이른바 유교의 경전인 사경(四經)이나 육경(六經)은 인륜과 도덕에 기초를 둔 현세적 질서와 지식을 가르치는 법전으로 끊임없이 스스로를 수양하는 정신적 · 이념적 수신서(修身書)임에 반해 시(詩)는 개인의 감정을 분출시키고 정서를 표출하는 언어적 매개체였다. 전자는 정신과 마음속 깊이 다져지는 중심이었다면 후자는 밖으로 발산되는 억제되고 정제된 정열의 화신(化身)이었다. 전자는 안으로 스며들고 후자는 밖으로 튀어나오고자 하는 이들 양자의 정교한 균형감각 위에서 고려문화가 찬란한 꽃을 피우게 된 것이 아닌가 한다. 위에서 이미 설명한 바 고려조정은 정치와 문화를 담당할 지배계층을 과거(科擧)로 선발하였으며 특히 중국의 경전과 문학의 이해에 바탕을 둔 시부(詩賦)와 비평과 창작능력을 높이 평가하였다.

고려시대 한문학의 높은 수준은 이렇듯 엘리트를 선발하는 과거의 과시와 깊은 이해관계가 있다고 할 수 있다.

고려사 선거지(選擧志)에 의하면 광종(光宗) 9년 후주(後周)인 쌍익(雙翼)의 진언에 따라 과거시험제도를 도입하여 5월에 시(詩) · 부(賦) · 송(頌) 및 시무책(時務策)으로 시험을 치르고 11년에 시 · 부 · 송으로 15년에 시 · 부 · 송으로 복시(覆試)를 치렀음을 기록하고 있다.[12)]

---

12) 조윤제(趙潤濟) : 한국문학사(韓國文學史) (탐구당, 1978) p.55.

아울러 경종(景宗), 성종(成宗) 때도 관행에 따라 시(詩), 부(賦)로써 관리등용의 시험과목으로 삼았음을 밝히고 있다. 위와 같이 시와 부는 항상 부과된 기초 공통과목임을 확인할 수 있다. 고려시대의 대표적 저술 가운데 하나인 "파한집(破閑集)"이나 "보한집(補閑集)"이 다소 잡목이나 패설(稗說)이 없는 바 아니지만 시화(詩話)로 그 주류를 이루고 있음은 당대 지배층 인사들이 작시행위를 자기표현이나 사교의 수단으로 얼마나 즐겨 왔는가를 읽을 수 있는 좋은 본보기가 된다.

명유(名儒)의 외손으로 태어난 이규보는 11세 때 이미 그의 숙부와 문하 성랑(省郎)들 앞에서 한시(漢詩)창작에 천부적 재능을 지니고 있음을 유감없이 발휘하여 그의 출중한 면모를 나타내었다. 14세 때에는 사학도(私學徒)의 하나인 문헌공도(文獻公徒) 성명재(誠明齋)에 적을 두고 학업에 전진하였으며 그때 급작(急作)이라는 각촉(刻燭) 내기인 운부시(韻賦詩)의 시회(詩會)에서 연속으로 두각을 나타냈다. 그러나 16, 7세 때 그는 세 번이나 응시한 사마시(司馬試)에 낙방하는 불운을 만난다. 그러나 그는 이미 시의 이해와 작시에 있어 상당한 경지에 이미 이르고 있음을 추축할 수 있다. 실의에 찬 4, 5년간의 방탕한 생활 끝에 스스로 성찰하고 그것이 새로운 각성의 계기가 되어 그 후 경사(經史), 백가(百家), 불서(佛書), 역서(曆書)를 두루 섭렵하여 훗날 상국(相國)의 자리에 부끄럽지 않은 당시의 거벽(鋸擘)이 되었다 한다.[13]

---

13) 김진영(金鎭英) : 이규보 문학연구 (집문당, 1984) p.26.

이규보가 사마시(司馬試)에 십운시(十韻詩) 제일위로 장원급제 한 것은 그의 나이 22세 때 일이며 고율시 “동명왕편”을 집필 탈고한 것은 아직 관직조차 갖지 못한 26세 때 일이다.

여기서 그가 왜 주몽전승을 5언의 고체시로 읊었는가를 문제로 제기할 만하다. 고려시대의 문인(官僚)들이 크게는 시경(詩經)으로 비롯되는 중원의 문학 전체에서, 직접적으로는 성당(盛唐)시기의 문학에서 영향과 감화를 받았으리라고 쉽게 예측할 수 있다. 특히 이백(李白)이나 두보(杜甫)나 백거이(白居易) 등 당대의 시성(詩聖)들에 의해 절정을 이룬 금체시(今體詩)가 문학예술의 정화로 이들에게 그 묘사까지 시도케 하는 절대적 영향을 끼쳤으리라 하는 것은 당대의 여건으로 보아 추측하고도 남음이 있다. 그러나 당대에 그 양식이 확립된 금체시는 종래 고체시에서 보인 5언과 7언에서와 같이 단순한 운(韻)이나 율격의 법칙과 제한을 훨씬 능가하는 까다로운 규칙을 요구한다. 금체시는 우선 시구의 자자에 평(平) · 측(仄)성을 구별하는 엄격한 평측법(平仄法)을 쓰고, 정한 운의 자로만 압운(押韻)을 삼으며, 4행 또는 8행이라는 행수마저 엄격히 제한한다.[14]

예술적으로는 고고함과 단아함 그리고 세련된 균형감각으로 하여 높은 차원의 정제된 단아함 그리고 세련된 균형감각으로 하여 높은 차원의 정제된 양식으로 크게 평가받을 만했다. 26세 나이의 이규보가 이 같은 엄격한 양식적 규범과 규제를 즐거이 따르기에는

---

14) 문선규(文璇奎) : 한국한문학(韓國漢文學) (이우출판사, 1961) p.80.

아직 너무 젊었을 뿐더러 까다로운 규제를 자유자재로 구사할 학문적 위치에 놓이기에는 너무 일렀다. 금체시는 그 양식적 특징상 다소 사변적(思辨的)이거나 관조적(觀照的) 생의 단면이나 정서적 편린(片鱗)을 표출하기에 편리한, 말하자면 농도 짙은 유화(油畵)나 해맑은 수채화로 된 정물화와 같은 것이기에 젊은 열정과 울분, 시대적 욕구와 강렬한 정신의 표상이기도한 민족주체적 주제를 담기에는 알맞은 그릇은 아니었다.

더욱이 잊혀져가는 민족의 뿌리를 더듬어 그것을 기리는 감격을 표현하기에는 금체시는 너무나 협소한 제약이었다. 때로는 방황하며 노래코자 하는 내용의 충실 때문에, 때로는 거칠어도 율격의 제한만을 준수하는 한 무한정한 길이가 용납되는 고체시(古體詩)를 택할 수밖에 없었던 이규보의 선택적 이유가 이에 있지 않았나 한다.

중국문학에 있어 고체시는 이미 한대(漢代)에 완성된 시가양식이며 그것은 5언고체나 7언고체의 두 형식으로 나눈다. 그리고 구수(句數)에는 제한이 없어 한 편의 장단을 전적으로 시인의 임의로 정하면 된다. 오언고체로 영사시를 지어 읊은 이는 한대(漢代)의 반고(班固)로부터 비롯된다. 그것은 오늘날 서사시의 형태로 흡사한 것으로 알려져 있다. 이에 영향을 받아 한말에는 장편 서사시 "공작동풍비(孔雀東風飛)라는 걸작품이 창작되었다. 훗날 당대에도 이백(李白) · 두보(杜甫) · 왕유(王維) · 맹호연(孟浩然) · 백거이(白居易) 등 거장들이 나타나 사회적 문제를 주제로 삼은 오언고체시를 즐겨 써 이들은 이 분야에 있어서도 전 중국을 대표하는 경지에 이르렀다

한다.[15]

"동명왕편"은 "고율시 동명왕편"이라는 제목에서 양식을 밝히고 있듯이 5언고체시의 형식을 취하고 있다. 율격은 5언이지만 취하고 있는 운(韻)은 간혹 사운(寫韻)이 있기는 하지만 상성(上聲)인 지운(紙韻)의 일운(一韻)으로 통일되어 있음이 그 형식적 특성으로 거론된다.[16] 7언은 5언보다 일찍 발생한 고시체이긴 하나 그것이 갖는 무거운 리듬과 수식적 성격이 5언보다는 적합하지 못한 것이 아닌가 한다. 물론 두보도 7언에 의탁한 영물적(泳物的) 서사작품이 없는 바 아니지만 5언고시는 악부(樂府)의 정신을 계승한 사회시가 많다는 문학사적 특성을 크게 감안한 것 같다. 오언은 2(二),3(三)자로 다시 세분하면 짧은 박자의 경쾌감을 동반한다.

이는 또 지운(紙韻)의 통일마저 곁들이면 낭송(朗誦)의 기쁨마저 수반케 된다. 고시체가 갖고 있는 민요조적 단조로움은 유창하고 장중한 것 이전의 보다 근원적인 것을 모방하기에 그것은 누구나가 쉽게 접근할 수 있는 친근감마저 야기시킨다. 이는 악부에 수록된 가사처럼 음악이 곁들이면 항차 불려질 수 있는 가능성마저 전혀 배제할 수 없다. 현존 무가(巫歌)나 조선시대의 "용비어천가(龍飛御天歌)"가 의식에 앞서 그들의 무조(巫祖)나 국조(國祖)를 먼저 불러 들이듯 고려인들이 승계를 자처하는 민족의 조종인 주몽전승은 5언의 고시체로 부를 수밖에 없음이 이해된다.

---

15) 김학주(金學主) : 중국문학개론(中國文學概論) (신아사, 1977) pp.60~61.

16) 이종찬(李鍾燦) : 서사시 석가여래행적송고(釋迦如來行蹟頌攷) (동악한문논집 제1집, 1984)

오늘날 그 실물이 부전하기에 오세문(吳世文)의 "역대가(歷代歌)"를 고구할 길이 전혀 없어 이점 매우 애석하나 5언고체의 장편 서사시는 이 땅에서는 젊은 이규보가 그 불멸의 전형을 만든 최초가 아닌가 한다. 저 고대 희랍의 호머처럼 이규보는 "동명왕편"으로 한국에서 서사시라는 문예양식을 완성시킨 최초이자 최후의 시인이 아닌가 하는 것이 그 후에 나타난 "제왕운기"를 비롯한 서사시가 혹은 영사시(詠史詩)일 수 있으나 그 어느 것도 정통 서사시가 지녀야 할 양식적 특성[17]과는 상당한 차이와 거리를 발견할 수 있기 때문이다.

6. 주체적(主體的) 역사인식(歷史認識)

건국 이후 200여 년이나 굳건히 다져 온 고려의 문벌 귀족사회를 송두리째 뒤엎은 것은 무인 정중부(鄭仲夫)로부터 비롯되어 최충헌(崔忠獻)과 그 부자로 이어지는 이른바 무신정권에 의해서이다. 이들은 무력이 수반된 쿠데타로 정권을 강탈하였기에 역사의 정통성과 관련지어 부정되고 그 존재가 매도되는 경우가 적지 않았다. 이와 같은 맥락에서 무신정권 기간에 과거에 급제하고 탄탄한 환로(宦路)의 가도를 달리다가 급기야는 당대 최고의 관직으로 하여 상국(相國)의 지위까지 오른 이규보를 파시스트의 추종자 내지 그 옹

17) 주종연(朱鍾演) : 상게서(上揭書) pp.47~48.

호자로 매도하는 경우가 심심치 않게 목도된다.[18] 역사의 정통성의 문제 시비는 국사학의 분야이기에 여기에서 구태여 논란할 이유는 없다. 그러나 사마시(司馬試)에 급제는 하였으나 아직 최씨 정권의 이무런 관직도 부여받지 못한 무명의 열혈(熱血)시인을 후세의 행장과 연루시켜 국수주의자(國粹主義者)니 파시즘의 옹호세력이니 운운하는 것은 전후관계를 전혀 고려치 않았거나 아예 무시한 독단이 아닌가 한다. 사실 역사적 전거(典據)로 볼 때 18대 인종(仁宗)과 19대 의종(毅宗)은 행신(倖臣)의 일파만을 가까이하여 날로 격구(擊毬), 유연(遊宴), 시가, 음악의 풍류생활만 일삼고 곳곳에 이궁정대(離宮亭臺)를 지어 호화 사치스러운 생활로 하여 국사가 어지러웠음은 자명한 이치였다. 무신반란이 문신들과의 차별대우에서 도화선이 되었다 하지만 전체적 중앙집권이 정권의 안정을 낳고 그것은 또 나태와 향락을 일삼으니 백성들의 원성이 높아져 창국의 이념과 태조(太祖)의 "훈요십조(訓要十條)"에는 점점 거리가 멀어진데 보다 큰 원인이 있는 것이 아닌가 한다.

"무신들이 발호(跋扈)하고 일어서니 이제까지의 권력세력에 견디지 못하여 칩복(蟄伏)하였던 모든 세력이 머리를 들고 일어섰다. 심지어는 공사(公私)의 노예계층까지 자기를 인식하고 일어섰다. 이들 세력은 모두 과거의 집권층은 아니다. 따라서 자기 정신을 잃고 남의 정신에 도취한 사람들은 아니다. 이보다 아직 신문화에 세련되지는 못하였지만 어수룩하나마 비교적 오랜 전통을 몸에 간직한 사람들이다. 문신에 반기를 들고 일어선 무신들 곧 이러한 사람들에

18) 김현 : 중세지성(中世知性)과 권력 〔지성(知性) 제1호, 1971〕

기반을 두고 일어선 것이며 또 그들 기반 위에 정권을 잡은 것이니 무신집정에서 확실히 민족의 정신이 깨어나게끔 되었던 것이다. 이 어찌 민족역사의 진행이 아니리요, 누가 정중부(鄭仲夫), 최충헌(崔忠獻)의 무신란(武臣亂)을 그들의 집정을 역사의 반역이라 하겠는가."[19]

무신들이 반란 이외에도 외적의 침략에 끝까지 굴함이 없이 죽음으로써 항쟁한 항몽투쟁(抗蒙鬪爭)의 정신은 민족의 우월감을 깊이 신봉하는 강한 민족의식의 발현으로 이 점 매우 긍정적 시각으로 평가될 소지는 충분히 있다. 이와 같은 무신들의 강한 민족의식의 견지(堅持)는 역사 일반에서 읽을 수 있는 단순한 무인들의 기질에서라기보다 태조(太祖) 왕건(王建)이 일찍이 내세웠던, 그 후 고려의 국시요, 창건이념이 된 정신과 같은 맥락에서 이해되어야 한다. 그러기에 이들의 쿠데타는 구실과 명분이야 어떻든 그동안 집권층의 안일로 등한히 여겨진 근본정신에의 복귀 내지 참다운 계승으로 그 흐름을 긍정적으로 파악할 만하다. 그러므로 이규보가 최씨 정권에 참여한 것은 무인정권이 채택한 기능적인 문인의 등용책에 힘입은 바 크지만, 민족적 입장이나 시대정신으로 보아 시대에 역행하는 정권이라기보다 오히려 이전에 문신귀족 정권보다 훨씬 자주성을 보였던 이들 무신정권이 그가 지향하는 바와 상호일치 한다는 판단에서[20] 동반자 내지 협조옹호자의 입장에 있는 것 같다. 더욱 서사시 "동명왕편"은 아직 관직에 머물기 이전의 젊은 시절의 작품이기에

---

19) 조윤제(趙潤濟) : 상게서(上揭書) p.77.
20) 김진영(金鎭英) : 이규보와 해좌칠현(海左七賢) (새문사, 1985), p. Ⅱ-41.

무신정권과의 영합 운운은 그 합리적 근거가 매우 박약하다. 한국 서사문학에서의 하나의 불멸의 금자탑으로 남게 되는 "동명왕편"을 창작할 수밖에 없었던 기본정신과 이념을 근본적으로 10세기 이후 동아시아에서 팽배하기 시작한 민족주의적인 각성과 연계되며 직접적으로는 고려의 민족적 통일의식과 주체적 역사인식에서 연유되는 것으로 보아야 한다. 단순한 입신양명에서라기보다 거역할 수 없는 시대정신의 요청에 따라 서사시를 읊을 수밖에 없었다고 해석함이 옳을 것이다.

결론적(結論的)으로 이규보가 서사시 "동명왕편"을 창작하게 된 역사 · 사회적 배경은 다음과 같이 요약할 수 있다.

첫째, 당제국의 멸망 이후 10세기부터 일기 시작한 북방 여러 민족들의 주체적 각성과 새로운 역사인식의 기운이 싹텄고

둘째, 고려조가 신진관료 등용을 위한 과거제도 실시에서 유교경전(儒敎經典)과 더불어 한시(漢詩)와 부(賦)의 부과로 높은 수준의 한문지식과 구사능력을 당대의 사대부들이 획득하고 있었으며

셋째, 김부식(金富軾)을 필두로 한 고려 최고의 석학들에 의해 고려건국의 이념과 국시를 천명하는 "삼국사기"를 관찬하여 국가존립의 의의와 국가통치의 규범을 제시하였고

넷째, "삼국사기"에서 보인 건국의 이념과 국시를 토대로 그 범위 내에서 "동명왕편", "삼국유사", "제왕운기" 등과 같이 민족사에 대한 사사로운 개인의견이 개진될 수 있어 이른바 역사문학이 싹틀 수 있는 분위기가 성숙되었으며

다섯째, 이백(李白), 두보(杜甫), 왕유(王維) 등 당대의 거장들이 완성시킨 5언고체시가 시대적으로 보아 깊은 영향관계에 있었으며

여섯째, 잃어버린 고토(故土)를 수복시켜 강력한 단일민족국가로 통일하고자한 시대정신을 문학적 표현욕구가 그 어느 때보다도 팽배하였고 민족의 역사를 주체적 입장에서 파악하고자한 인식론의 변화가 강력히 일고 있었다는 점 등이다.

Ⅳ. 고율시(古律詩) "동명왕편(東明王篇)"의 양식적(樣式的) 특성(特性)

한국문학 연구에서 서사시(Epos, heroic poem)에 대한 본격적인 양식고찰은 60년대 장덕순(張德順)으로부터 비롯되어 그 후 오세영(吳世榮)과 주종연(朱鍾演)을 거쳐 최근 김준오(金埈五)에 이어지는 일련의 노작들로 대표된다고 할 수 있다. 물론 이들은 서양문학의 이론이나 그 문예학적 정의를 원용하여 나름대로의 개념파악을 시도하고 있으나, 일부는 장르상의 세분화된 특징마저 거론하였다 하더라도 핵심적인 부분에서는 대체로 비슷한 견해인 것 같다. 물론 이와 같은 시도가 동기에서 시작된 것은 결코 아니다.

장덕순과 주종연은 이규보의 "동명왕편"의 분석과 그 문학적 위치를 구명(究明)하는 과정에서 대전제로 제시된 것이며, 오세영과 김준오는 장르의 발전과 전개에 있어 서로가 다른 견해를 견지하고 있지만 김동환의 "국경의 밤"이 서사시냐 아니냐 하는 논란 중 고전적 의미로서의 서사시의 개념이 문제된 것이다.

우선 이들이 내린 다양한 정의를 총괄검토하고 그것을 바탕으로 "동명왕편"의 양식적 특성과 결부시킬 때보다 포괄적이며 합리적인 기준이 도출될 수 있지 않을까 한다. 그것은 다음 네 가지로 요약 인용될 수 있다.

〈1〉 민족적 영웅의 행위를 중심으로 하는 역사적 사건을 장중웅대(壯重雄大)한 결구로 묘사한 운문체(韻文體)를 보통 영웅서사시라 한다.[1)]

〈2〉 1) 서사시는 바드(Bard)에 의하여 청중 앞에서 낭송된다.

2) 영운시체(Heroic verse)의 운문을 원용한다.

3) 서사시적 탐색(Epic question) 혹은 인보케이션(Invocation)이 존재한다.

4) 네러티브(Narrative)의 문학이다.

5) 소재는 과거적인 것이어야 하며, 특히 신화(神話), 종교(宗教), 역사(歷史)에서 취재되어야 한다.

6) 서사시의 주인공은 영웅들이다.

7) 길이는 원칙적으로 제한되지 않으나, 비극의 삼부작 정도의 내용을 수록한다.

8) 구성은 대체적으로 삽화적 구성(Episodic plot)이 중심이 된다.

9) 서사시의 주제는 보편적 진리의 제시에 있으며, 특별히 형이상학적 가치의 세계, 도덕성과 국민정신의 표현, 현실인식 및 사회적 기능에 관심을 갖는다.

---

1) 장덕순(張德順) : "국문학통론(國文學通論)" (신구문화사, 1960) p.325.

10) 서사시는 민족 혹은 집단의 운명을 표현하는 객관적 이야기다.

11) 서사시는 경이감(驚異感 : The marvelous)을 지닌다.[2)]

〈3〉 첫째, 주인공은 반드시 위대하고 비범한 인물이어야 한다. 그는 국가 · 민족 또는 인류 전체의 영웅이다. 그는 능력에 있어서는 말할 것도 없고 출생에 있어서도 비범하다. 많은 경우에 있어서 그는 신성스런 존재이다.

둘째, 사건의 무대가 되는 배경은 광대웅장(廣大雄壯)하다. 규모가 광대하여 세계 전체일 수도 있고 그보다 더 클 수도 있다.

셋째, 주인공이 행하는 영웅적 행위는 인간의 차원을 넘어선 초자연적 성격을 지닌다. 전투에서의 초인적 활동과 대담무쌍하게 이루어지는 길고도 험한 여행도 영웅담의 기본요소이다.

넷째, 서사시는 의식적인 문투(Cermonial style)를 지닌다. 본래 그 독자 내지 청중으로서의 향수자가 귀족을 비롯한 지배층이었기에 문체는 장중하고 운율 또한 품위를 요구한다. 그러므로 일상적인 언어와는 의도적으로 거리를 유지하고 영웅적 주제와 그에 걸맞는 장대한 형식에 따라 의식적인 문체로 표출된다.

다섯째, 한 종족이나 집단, 민족, 국가, 인류 전체에 중요한 보편적 주제를 다룬다. 그러므로 서사시의 작자는 개인적인 감정이나 정서 혹은 사상보다는 역사공동체 또는 인류 전체의 이념을 드러내고 찬양하는 입장을 취한다.[3)]

---

2) 오세영(吳世榮) : 국경의 밤과 서사시 문제(국어국문학, 1977) p.75.
3) 주종연(朱鍾演) : "한국소설의 형성" (집문당, 1987) pp.47~48.

〈4〉 서사시는 국가와 민족 또는 운명과 직결되는 영웅의 행위를 장중한 문체와 일정한 율격으로 재현한 장편의 이야기 시로서 객관성의 문학 장르다.[4)]

이들 네 가지의 다양한 그러나 대동소이한 개념정의를 바탕으로 대체적으로 다음과 같은 몇 개의 항으로 그 양식적 특성이 요약 정리될 수 있을 것 같다.

1) 서사시는 신성스런 민족영웅을 주인공으로 삼으며
2) 소재는 지난날의 신화, 종교, 역사 등에서 취하고
3) 서사시는 민족, 집단, 국가의 운명을 다룬 장편의 이야기 문학이며
4) 그것은 장중한 문체와 일정한 율격을 지닌 운문시의 형식으로 표출되고
5) 서사시는 삽화적 이야기들로 엮어져 있으나 전체적으로 통일된 결구를 지닌다.

문화적 배경과 역사적 전통을 달리한 동양과 서양이 문예양식에 있어 물론 꼭 같을 수는 없다. 그러므로 서구의 것들을 우리의 것으로 재단하는 일 또한 무리이거나 무의미할 수도 있다. 그러나 놀랍게도 현격한 지리상의 거리와 문화전통의 차이에도 불구하고 구비전승을 비롯한 언어예술의 원초적 형태와 발전양상에서 양자가 상당한 유사성을 가지고 있다면 문예의 세계적 보편성을 인정하지 않을 수가 없다. 그러므로 일찍이 그 방면에서 상당한 고구(考究)의 축

4) 김준오(金埈五): "한국 현대 장르 비평론" (문학과 지성사, 1987) p.184.

적으로 이룩된 서양의 문예이론이나 장르의 개념규정을 원용하여 우리 것의 문예적 특성을 고찰한다면 그것은 타산지석(他山之石)의 지혜로 긍정적으로 받아들일만하다.

이는 종속(從屬)이나 장속(匠屬)이 아니며 사대(事大)는 더욱 아니다. 지역적 혹은 지방적 특수성을 어느 정도 인정하나 문예양식의 범세계적 보편성의 확인은 예의 지역성이나 지방성을 극복하고 궁극적으로는 우리의 것이 세계문학의 대열에 손색없이 끼일 수 있음을 재삼 인정받는 계기가 된다. 한국 고전문학에서 서사시의 개념과 그 실체의 파악은 우리의 서사문학의 발전과정 뿐만 아니라 세계문학과의 깊은 유대확인이라는 측면에서도 그 의미는 사뭇 크다고 하지 아니할 수 없다.

1. 민족(民族)의 신화(神話)와 역사(歷史)속의 영웅상(英雄像)

일반적으로 서사시의 주인공은 작자에 의해 창조된 인물이 아니라 종래의 신화나 역사적 전설 혹은 민담 속에 전수된 신이나 민족영웅들이다. 그러므로 작자는 전승된 이야기를 새로운 문예양식이라는 그릇에 담아 다시 이야기할 뿐이지 이들이 새로운 신이나 영웅을 만들어내는 창조행위는 결코 아니다.

조(祖) 해모수(解慕漱), 부(父) 주몽(朱蒙), 손(孫) 유리(類利)에 이어지는 주몽가(朱蒙家) 3대 이야기는 옛 부여의 고토(故土)인 중국의 동북지방과 한반도에서 서식한 종족들에게는 두루 전수되어온 해

묵은 이야기며 전설이요, 그들 선조들이 내내 자랑스럽게 여겨온 건국신화다. 이들 설화는 멀리는 1세기 이후부터 여러 차례에 걸쳐 중국 측 사서(史書)에 등재된바 되었으며, 국내에서는 오늘날 그 실물은 확인할 길이 없고 오직 명칭만이 전하는 "고기(古記)", "구삼국사(舊三國史)" 등의 옛 사서와, "삼국사기", "삼국유사" 등의 현전 사서에 채록되어 있음으로 하여 오늘날까지 전수되어오는 터다.

예의 해모수에서 비롯되어 유리로 이어지는 주몽전승의 삼대록(三代錄)의 참 주인공은 동명왕 주몽임에는 의심의 여지가 없다. 지금은 경계조차 불명확한 옛 부여 땅에 천제(天帝)의 뜻이 하강하여 새로이 고구려라는 나라를 세웠다 함은 오늘의 만주지방과 한반도에 걸쳐 서식하던 북방계 부족들이, 특히 만주의 동남부와 한반도의 북부를 하나의 정치단위로 삼고 규합하는 강한 의지의 표현으로 풀이될 수 있다.

그러므로 해모수가 최초로 하강한 부여의 옛 도읍지는 민족의 새로운 중심으로 의미를 갖게 되며 웅심산(熊心山)과 청하(淸河)는 이들의 성역이 된다. 그리하여 주몽의 신이로운 탄생은 출중한 영웅의 출현을 고대하던 민족의 공통된 발원의 필연적 귀결이기에 그것은 전체씨족이나 부족 또는 종족에게 지고(至高)의 의미와 지존(至尊)의 가치를 아울러 지니게 된다.

주몽은 고구려라는 강력한 제국을 창건함으로써 북만주와 몽고 그리고 멀리 광활한 중앙아시아까지 뻗쳐있는 북방 종족과의 혈연을 차단하고 한반도의 북반부와 만주의 동남지역을 한 묶음으로 총괄하는 정치집단의 창업주이기에 민족적 영웅으로 추대받기에 충

분하다.[5]

무릇 고대 신화나 전설 가운데 출중한 영웅답게 그의 탄생 또는 무비(無比)의 신성성을 지닌다. 천제의 아들 곧 태양신을 아비로, 수신의 딸을 어미로 태어났다면 천지일합(天地一合)의 이상적 탄생을 의미하며, 천(天) · 지(地) · 인(人)의 융합과 조화를 최고의 경지로 간주하는 우리 민족의 전통적 가치관과, 그 이상적 실현의 상징적 투영으로 간주할 만하다. 주몽(朱蒙)이 아직 원시적 집단이나 부족의 단계를 벗어나지 못한 종족을 집결시켜 강력한 고대 왕국을 건설하고 남하하는 민족의 회랑(回廊)에 버티고 서서 차츰 북으로 세력을 확산하는 한족(漢族)의 팽창을 차단하고 압박을 가하는 대응세력을 결집시켰다면 가히 민족의 영웅으로 높이 평가될 만하다. 근 500여 년에 걸치는 장구한 세월동안 한족(漢族)과는 대등한 입장에서 힘을 겨루며 강건한 기상(氣像)과 웅비(雄飛)의 나래를 북방에서 펼치고 있었음도 오랫동안 뇌리 속에 남는 민족의 자랑이 아닐 수 없다.

그것이 현존하는 상태에서가 아니라 먼 옛날 이미 멸망하고 소멸된 지난날의 왕국의 이야기일 때에는 굴욕적인 현실과의 대비 속에서 더욱 절실하고 간절한 욕망이 된다. 그러기에 동명왕 주몽이 창국(創國)의 성업을 이룩한 지 1,200년, 그 고구려가 멸망한지도 6,700년이 지났어도 우부(愚夫) · 준부(駿婦)들이 아직까지 못 잊고 즐겨 이야기하는 민족의 영웅으로 추앙된 것이다. 날로 중국적인 것만이 최고의 가치기준이 되고 중원만이 세계의 중심으로 강요된 굴

5) 주종연(朱鍾演) : 상게서(上揭書) p.49.

욕적인 현실 속에서 결코 한족(漢族)의 영광을 그대로 따를 수 없는 우리의 입장에서 지난날의 영광된 뿌리와의 접목은 더욱 절실하고 간절한 염원이 되지 않을 수가 없다. 한족(韓族)이 결코 한족(漢族)이 될 수 없으며, 서로가 다른 뿌리로부터 연원(淵源)되었음이 명백히 밝혀져야 한다.

우리도 원래가 성인의 후예임을 높이 자랑함으로써 저들과 동등함이 천명되어야 하고 〔지아국본성인지도이(知我國本聖人之都耳)〕 그러므로 북방에 나라를 처음 일으킨 주몽은 환(幻)이 아니고 성인이며 귀(鬼)가 아니고 신(神)으로 추앙되어 민족의 대영웅으로 찬양되어 마땅하다.

2. 장중(莊重)한 율격(律格)과 운문(韻文)으로 된 장편(長篇)의 이야기 문학(文學)

문학의 양식을 서정(抒情), 서사(敍事), 극(劇)의 3대 장르로 구분하여 그 특성을 고찰한 것은 희랍의 아리스토텔레스에서 비롯된다 함은 주지의 사실이다. 그는 "시학(詩學)"에서 서사시 구성의 3대 조건을

첫째, 운문으로 씌어져 낭독되어야 하며,

둘째, 주인공은 영웅적 인물이어야 하고,

셋째, 표현방법은 서술적이어야 한다고 서사시의 특성을 규정한다. 물론 그는 "일리아드"와 "오디세이"를 서사시(Epos)의 표준으로

삼고 문예양식의 특수성을 구명한 줄로 안다. 희랍시대 이후의 몇 편의 서사시가 유럽문학에서 함께 그 양식적 특수성이 거론되고 있으나, 오늘날의 문학이론가들 조차도 "일리아드"와 "오디세이"를 서사시의 규범으로 삼기를 주저하지 않고 있을뿐더러 위에 이미 개괄적으로 밝힌 개념규정이 근 2,000여 년 전에 내린 아리스토텔레스의 이론과는 그리 먼 거리에 있지 않음을 발견하게 된다. 말하자면 후세에 내린 정의는 그가 내린 최초의 이론에 대한 세분화 내지 부연설명에서 크게 벗어나지 못하고 있는 것 같다.

여하튼 고대로부터 문예 이론가들의 눈에 한결같이 비친 형식적 특성은 우선적으로 영웅적 인물의 옛 이야기가 운문으로 서술된다는 점이다. "동명왕편"과 서구의 문예이론으로서의 서사시와의 비교에서 능동적으로 추출될 수 있는 형식상의 특징을 가려내어 여기서 그 이론전개를 명백히 할 필요가 있다.

민족이나 국가와 같은 집단의 운명을 다룬 서사시는 이야기(narrative)의 형식을 취하며, 그것이 청중에게 구연(口演)된다는 것이 서사시의 공통된 제시방법이다.[6] 서사시가 운문으로 되고 율격을 지니고 있으나 서사문예 양식에 속함은 과거 영웅의 이야기를 3인칭화 하여 과거시제(詩制)로 서술(narrative)한다는 데 있다. 이때 과거시제는 불가변의 절대적 사실이거나 진실이라는 표현적 효과를 노리며, 율격이나 음운(音韻)은 낭송의 기쁨을 청중과 독자에게 주어 심리적으로 고양시키는데 있다.

고대희랍을 비롯한 중세 유럽에는 서사시를 낭송하며 전수시키

6) N. Frye "비평의 해부" (이규철 역) (한길사, 1982) pp.345~350.

는 전문적 음영시인(吟詠詩人; Bard)이 존재하였음을 문학사는 전한다. 이를 유추하여 "고구려 건국의 시조 동명왕 또는 주몽의 행적은 원래 서사시로 구전되었으리라"[7] 하는 견해는 하나의 설이 될 수는 있으나, 확고한 이론으로 내세우기에는 상당한 증거를 필요로 한다. "세다설동명왕 신이지사 수우부준부 역파능담기사(世多說東明王神異之事 雖愚夫騃婦 亦頗能談其事)"라는 이규보의 표현으로는 이야기가 전하여진다는 정도이지 서사시라는 고양된 양식으로 전수한다는 아무런 근거의 제시는 없다. 17, 8세기 일부 판소리계 소설들이 강담사(講談師)에 의해 낭송되듯 민족이나 국가의 운명을 다룬 집단의 이야기인 서사시가 청중에게 구연되었다면 이와 같은 제시형태(提示形態) 자체가 공적인 전달목적을 반영하고 있기에 서사시인은 당대 사회와 민중의 대변자로 인정받은 충분한 근거는 있다.[8] 그러나 불행하게도 우리의 고전문학사는 중세 이전에 이미 (Bard)와 같은 음영시인이 존재하고 있었다는 어떠한 증거도 아직까지 갖지 못하고 있는 형편이다. 그러므로 확증될 수 있는 자료를 가지고 이야기할 수 있는 한 한국에서의 서사시는 12세기 이규보의 "동명왕편"에서부터 그 양식적 특성이 비롯되었다고 볼 수밖에 없다. 이와 같은 일정한 율격과 운율의 그릇에 담겨 이야기하는 서사시 양식은 그 후 "제왕운기"를 거쳐 이조건국의 신화를 창출한 "용비어천가"에 이르기까지 다소 고답적(高踏的)이며 응축된 내용의 발화형태를 취하기에 청중으로서의 서민과의 관계는 다소 소원해지고

7) 조동일(趙東一) : 한국문학통사 2 (지식산업사, 1982) p.84.
8) 김준오(金埈五) : 상게서(上揭書) p.192.

점차 소수의 특권계층의 독서물로서 혹은 궁중의식 속의 노랫말로 변이되고 말았다. 서사시는 장편 서사양식이지 단편 서사양식을 결코 아니다. 그것은 "일리아드"나 "오디세이"처럼 장편의 긴 이야기를 속성으로 한다. 우리의 "동명왕편"도 총 282행에 2,200여 자의 주석을 곁들인 3대에 걸친 이야기를 내용으로 하는 다소 긴 이야기다. 영웅담의 일반적 특성답게 3대에 걸친 탐색담(探索談)이 그 주지를 이룬다. 1대 해모수는 하늘로부터 땅에 내려와 후사를 낳을 씨받이 여인을 찾고, 2대 주몽은 가족을 버리고 남쪽으로 도망하여 새로운 나라를 찾고, 3대 유리(類利)는 아비가 숨긴 신물(信物)을 얻어 생면부지의 아비를 찾는다. 이들은 모두 구하는 바를 얻게 되어 이른바 성취의 3대를 기록한다.

이른바 조(祖)는 혼인에, 부(父)는 창국에, 손(孫)은 심부(尋父)의 과업을 성취한다.[9] 말하자면 3대에 걸친 탐색과 그 성취의 과정이 이야기의 주지가 된다. "일리아드"는 사건과 사건이 연속되어 인물마저 사건 속에 종속되는 사건서사시라 한다면, "오디세이"는 그 자신이 광범위한 세계의 내실을 구비하고 긴 항해 끝에 종말에는 귀환하고야 마는 출중한 영웅을 부각시키고 있기에 이는 인물서사시라 구분할 수 있다.[10]

서사시 "동명왕편"은 고구려 창국이라는 엄청난 주제의 부각에도 궁극적으로 주몽의 탄생에서 죽음에 이르는 영웅의 일생을 집중적으로 다루었기에 인물서사시로 구분될 수 있다. 서사시에는 인물

---

9) 김열규(金烈圭): "동명왕편의 3대 기적 문제"(이규보 연구) (새문사, 1986) p. Ⅲ~45.
10) W. 카이저 : "언어예술작품(言語藝術作品論)" (대방출판사, 1968) p.551.

의 성장은 있으나 성격의 발전은 없는 것이 일반적 특징이다. 성격은 처음부터 갖고 태어나는 것이기에 유년에서 노년에 이르기까지 시종여일하게 묘사된다. 이와 같은 일반적 특성은 주몽전승에도 결코 예외가 아니다. 동일한 인물을 싸고도는 무수한 사건들로 하여 이야기는 전개되지만, 이 같은 사건은 이미 확정된 인물의 성격변화에 아무런 영향도 미치지 못한 채 일어나고 또 일어나며 시련과 갈등을 해소하고 극복케 한다.

이와 같은 민족과 집단 그리고 전국가의 운명을 걸머진 영웅의 이야기는 신화와 역사와 전설이 혼효(混淆)된 형태로 전개된다. 그것은 서술자인 서사시인의 위치로부터 대등한 거리에서 조망 내지 투시되고 또 서술되어야 하기에 서사시가 그 형식적 특성으로 삼는 단일한 율격 속에 표출되어야 한다. 서양의 고대 서사시가 육음보(六音步 : hexameter)를 표준으로 삼고 있다면, 우리의 것은 "동명왕편(東明王篇)"이 오음보(五音步 : pentameer)이며, "제왕운기"는 칠음(七音)과 오음(五音), 그리고 훗날의 "용비어천가"는 사음보(四音步)를 율격의 기본단위로 삼고 있다. "동명왕편"은 이규보 자신이 표제 앞에 밝히고 있듯 고율시 5언을 설화체의 형식으로 채용하고 있다. 그리고 각운(脚韻)은 상성(上聲)인 지운(紙韻)의 일운(一韻)으로 전체시의 통일을 꾀한다. 총 282행이 5음보로 구성되고 매 행마다 각운은 상성인 지운으로 균일화되어 있다면, 이는 매우 정제된 형식미를 느끼게 할뿐더러 어떤 특별한 정조(情調)에도 빠져들지 않는 시인의 극도로 절제된 균형을 이룬 심정의 소산인 균제(均齊)를 터득케 한다. 균제는 시인이 일정한 입장이나 하나의 일정한 시점(視

點 : perspective)에서 사건이나 제재를 바라보는 것을 뜻하며, 그 일정한 위치나 시각은 운문의 동일한 리듬 속에서 고정되고 그리하여 시인에게는 여러 현상들의 연속 속에 내재하는 동일성과 불변성을 아울러 보장시켜 주는 효과를 수반한다.[11]

말하자면 절제된 균형 속에서 지난날 한 초인으로 표상된 민족의 영웅이 서술됨이란 동일한 시각과 동일한 거리, 그리고 동일한 색조(色調 : tone)로 투사되는 영상물로 비유될 수 있을 것이다. 단조로우면서도 고풍한 율격과 여운이 야기되는 장중함이 있어 서사시 "동명왕편"은 고토회복(故土回復)이라는 시대정신의 표출과 어우러져 당대의 사대부들을 비롯한 문화담당 계층들에게 상당한 감동을 주었을 가능성이 짙다. 이규보와는 거의 동시대인이며 또 그의 후학이기도 한 최자(崔滋)가 문순공(文順公) 이규보를 찬탄하는 구절에서

> "…그러나 공을 가지고 천재준매(天才俊邁)한 자라고 하는 것은 율에 대해서 한 말이 아니다. 대개 고조(古調) 장천(長薦)의 강운험제(强韻險題)중에도 마음대로 뜻을 골라 한 번에 백지(百紙)를 쓰되 다 고인(故人)을 답습하지 않고 탁연(卓然)히 저절로 된 것을 두고 한 말이다.…
>
> 이문순공(李文順公) 규보(奎報)는 기(氣)가 장(壯)하고 말이 또한 웅장하여 신의(新意)를 창출하여 매우 신기롭다."[12]

라고 찬양함도 그의 뛰어난 독창적 시인의 재질과 패기가 넘치는

11) 주종연(朱鍾演) : 상게서(上揭書) pp.55~56.
12) 최자(崔滋) : 보한집(補閑集) 상권, 문순공편(文順公篇).

혈기를 함께 칭송한 것이 분명하다.

서사시가 안고 있는 또 다른 특징은 종족이나 집단이 가지고 있는 보편적 주제가 주인공을 통해서 표출 구현되는 점이다. "동명왕편"에서는 민족영웅 주몽을 기탁하여 북방으로부터 남하 건국한 이변사(異變事)를 다룬다.

시조 해모수는 하늘에서 지상을 거쳐 수중 깊이까지 이르렀다가 다시 그가 떠나온 천상으로 되돌아가는 수직하강 상승의 궤적(軌跡)으로 세상에는 그가 거쳐 간 하나의 족적(足蹟)만을 남긴다. 이것은 성스러운 하늘의 뜻이 장차 나타날 영웅의 거룩한 탄생을 예시하고 그 혈통의 고귀성과 무비(無比)의 신성성을 상징하는 것만으로도 충분하다. 창세기적 공간이 아니라 이미 이룩된 인간사회로부터 시발하기에 하늘의 계시는 일방적이긴 하나 주변 환경과의 관계와 그 제약 속에서 이행된다. 이 부분은 "삼국사기"가 보다 사실적이며 현실적 논리로 설명한다.

> "북부여(北夫餘)의 옛 서울에는 한 사람이 어디서부터 왔는지 알지 못하나, 자칭 천제의 아들 해모수(解慕漱)라 하며 곧 도읍하였다.…[13]

스스로는 하늘로부터 하늘의 뜻에 따라서라고 미화하여 그 출현을 설명하지만 이는 필시 북방에서 내려온 유목민일 가능성이 짙다. 이미 터전을 닦아 놓은 선주민을 동쪽으로 몰아내고 그 영토를

13) 삼국사기(三國史記) 권13, 고구려본기(高句麗本紀) 제1, 기구도유인부지소종래자칭천제자해모수내도언(其舊都有人不知所從來 自稱天帝子解慕漱來都焉).

차지하고자 한 떠돌이 부락민 집단일 가능성은 충분한 심증을 갖게 한다. 해부루(解夫婁)가 족장(族長)이며 하란불(何蘭弗)이 측근으로 다스리는 부족들은 수렵사회에서 이미 농경사회로 전환한 무리들이기에 호전적인 후삼(後參) 도래인(到來人)들의 무리에 밀려 새로운 경작지를 찾아 마지못해 이주할 수밖에 없는 입장에 놓인다. 이 부분도 하늘의 계시로 각색된다.

> "요사이 하늘에서 나에게 이르기를 장차 나의 자손으로 하여금 여기에 나라를 세울 것이니 너희들은 여기를 피하라. 동해 바닷가에 땅이 있는데 가엽원(迦葉原)이라 부르고 땅이 기름지므로 오곡(五穀)을 심기에 적당하니 가히 도읍할 만하다고 하였습니다."[14)]

오곡을 심기 적당한 곳을 찾아 평원(平原)으로 이주한다면 이미 상당한 농경사회에 돌입하였음을 감지하기에 충분하다. 농경사회의 돌입과 정착 징후는 주몽에서 한결 뚜렷이 드러난다. 그가 애초에 수렵이나 유목사회에 적합한 인물로 묘사된 요소들은 어려서부터 이미 명궁수(名弓手) 〔연포칠세의연이상 자작궁시 사지백발백중(年浦七歲疑然異常 自作弓矢 射之百發百中)〕요, 금와왕(金蛙王)의 일곱 아들과의 사냥경합에서 출중한 실력을 발휘하고, 목동으로서 말을 잘 살찌게 할 수 있을뿐더러 준마를 고를 줄 아는 지혜를 돋보이게 하는 대목 따위에서 찾아볼 수 있다. 그 후 주몽이 창국을 위하여 남하하는 여정에서나 영토 확장의 과정에서 농경사회로의

14) 삼국사기 제13, 고구려본기(高句麗本紀) 제1, 시조 동명성왕편.

지향이 뚜렷이 나타난다. 신모(神母)가 길 떠나는 자식에게 오곡종자를 싸 보내고, 비둘기가 보리씨앗을 물고 따라온 대목과 "왕이 비류수(沸流水)에서 채소 잎이 떠내려오는 것을 보고, 그 상류에 사람이 살고 있음을 알고 사냥을 떠나 찾아갔다. 드디어 비류국(沸流國)에 이르렀다"는 등 채소를 가꾸는 영토를 탐내는 행위에서 뚜렷이 드러난다. 이때 영토를 건 송양(松讓)과의 결투는 호전적인 수렵인에게 유리한 활쏘기로 대세는 결판난다. 주몽은 결국 부랑인에서 정착인으로 하였다. 변전하는 인물의 표상이 된다. 그는 부랑인이었음을 해모수가 "어디로부터 왔는지 알 수 없는 한 사람〔부지소종래(不知所從來)〕"로 묘사되듯 주몽을 처음 대면하는 송양왕(松讓王)의 물음 속에서도 반복된다. "그대가 어디로부터 왔는지 알지 못하겠다.〔연불식오자 자하이래(然不識吾子 自何而來)〕" 이 부랑인은 북에서 목마와 사냥을 일삼다가 산촌이 아름답고 기름진 땅을 찾아 남하하여 선주민(先住民)을 몰아내거나 부속(附屬)케 하여 새로운 농경사회에 정착하고 그 지배자가 된다. 이렇듯 주몽전승은 수렵사회에서 안정된 농경사회에로 전환하는 상황을 짙게 풍기며 아울러 비옥하고 따스한 경작지를 찾아 남하에 남하를 거듭한 민족 이동의 한 시기를 암시하고 있다.

단검을 얻어내는 유리(類利)의 행적은 "개체발생(個體發生)은 종족발생(種族發生)을 되풀이한다"는 생물학에서의 명제처럼 멀리로는 그의 선조와 가까이로는 아비가 걸은 길을 되풀이함으로써 고대사회의 한 구성원으로 혹은 지도자로 비로소 인정받는 한 통과제의(通過祭儀: rite of passage)에 불과하다. 이와 같은 민족전래의 신화와 역사 그리고 전설로 뒤범벅이 된 민족영웅상의 새삼스런 조소(彫塑)는 먼 옛날 북방의 평원을 누비던 선조들의 굳건한 기상을 되새기고 그들의 후손들이 남하하여 한반도에 정착하고 오늘에 이르고 있음을 다시 인식함으로써 뿌리를 찾아 민족적 주체성을 확립코자 하는 강력한 열망의 문학적 표출로 해석된다.

이와 같은 의지의 표출은 잃어버린 고토를 찾고자 하는 시대적 상황과 어울려 한 시대에만 국한되지 않는 전 민족의 보편적 공감대를 얻어내는데 성공하고 있는 것이다. 그러므로 주몽가(朱蒙家)의 이야기는 한 영웅담을 기탁한 종족과 집단의 운명과 결부된 민족 전체의 이야기가 된다.

서사시는 신화적 충동이 지배적인 전통적 플롯을 가지고 이야기를 하려는 설화형태로부터 지양코자 하는 새로운 문예양식이다. 그것은 전래적 서술양태인 단조로운 이야기 식에서 이탈하려는 변형양식의 추구에서 비롯된다. 이와 같은 지적 욕구를 충족시키면서 새로이 습득된 고급문자로 묘사코자 하는 강한 의지가 고안해낸 것이 서사시 형태이다. 말하자면 구비전승이나 그것의 단순한 문자기록이 아닌 한자를 해득하고 구사할 줄 아는 상당한 경지에 이를 문화담당 계층의 독서물로서 문학적 감성마저 충족시킬 수 있는 새로운 시대적 산물인 것이다. 고대희랍에서 문학의 3대 장르를 서정시니, 서사시니, 극시니 하고 구분할 때 아리스토텔레스가 시를 문학의 기본으로 보아왔듯 중원문화권에서도 고래로 시문만을 문학의 범주로 생각한 문학관 내지 문학적 관습을 감안할 때 이야기의 서술방법이 문학적이 되려면 굳이 율격과 음운의 구속 속에 이루어져

야 한다는 고대적 인식을 전제하여야 한다. 일정한 율격과 음운을 갖춘다 함은 단순한 시적 형식뿐으로 그 자체가 시가 되는 요건은 아니다. 이렇듯 시적 형식을 견지하면서 이야기를 서술하려 하니 자연 시적 형식과 서술형식 양자를 겸할 수밖에 없게 된다. "동명왕편"에서와 같이 총 2,200여 자에 달하는 이야기가 시행(詩行) 사이사이에 끼어서 부연 설명하거나 사건 설명을 담당하고 있음을 위와 같은 상황을 입증하는 좋은 본보기로 간주할 만하다. 이 점에 있어서 이규보는 우리 문학사에 새로운 문학양식의 창안이라는 이정표를 남긴 셈이 된다.[15] 핵심이야기를 음수와 음운에 맞춰 진행시키는 본문이 있고, 사이사이에 주석으로 보조이야기를 삽입시켜 부연 설명하는 문예양식은 한국고대서사시의 한 전형이 되어 그 후 이승휴의 "제왕운기"에 이어서 나타난다. 부연하면 서사시(epic poem)는 산문과 시가 절묘하게 결합된, 시적 형식을 빌려 서술하는 이야기 문학이다.

3. 삽화적(揷話的) 이야기들로 엮어진 통일(統一)된 결구(結構)

서사시는 그것을 구성하고 있는 수많은 이야기들이 분리되어 독립될 수 있음을 특징으로 한다. 그러나 개개의 시구(詩句)가 독립된 부분으로 고찰될 수 있으나, 이들 각 시행이 취하고 있는 균일화된

15) 이점 주종연(朱鍾演)은 한국서사문학의 양식적 변용에서 중요한 전이점으로 잡고 있다. "한국소설의 형성" 참조.

음보(音步: meter)와 음각(音脚)으로 하여 일정한 범위에서 전체적 통일을 이룩하고, 개개 시구의 독립성마저 포용하는 효과를 거둔다. 서사시를 구성하는 시구(詩句)들이 독립될 수 있다고 이들 각 부분들이 상호 아무런 관련 없이 나열된 단순한 집합체는 물론 아니다. 말하자면 개체는 독립성을 가질 수도 있으나 개개의 이야기를 한데 묶으면 통일된 전체가 될 수 있는 관계와도 같다. "동명왕편"은 크게는 3대에 걸친 이야기이기에 3대별하여 고찰될 수도 있으나, 그것을 각기 수많은 모티브〔화소(話素)〕로 구성된 무수한 이야기들의 집합체임을 쉽게 알 수 있다. 서사시가 삽화적 구성을 본질로 하기에 길이에 무제한이 용이할 수 있다. 이와 같은 특징은 엄격한 길이의 제한을 받는 극양식이나 극적 요소마저 지녀야 하는 서정시의 구성과는 현저히 구분된다.

고대희랍의 "일리아드"와 "오디세이"를 비롯하여 서양의 중세 서사시가 이른바 서사적 병렬(Parataxe)[16]을 구성의 근간으로 삼듯 우리의 "동명왕편"에서도 동일한 특성을 찾을 수 있기에 이는 서사시(Epos) 양식의 범세계적인 보편적 특성으로 간주해도 무방한 것 같다. 따라서 서사시의 구성 원리는 단순한 부가에 있기도 하지만 부가된 이야기들은 유기적 관계를 갖고 전체 속에 참여함을 전제로 삼는다.

앞에서 설명한 바와 같이 "동명왕편"의 주지는 의심의 여지가 없이 탐색담(探索談)이다. 해모수는 후사를 낳을 씨받이 여인을 찾고,

---

16) E. 슈타이거 시학(詩學)의 기본개념, 이유영(李裕榮) 외 역(譯) (삼중당, 1983) p.186.

주몽은 생활터전이 될 새 나라를 찾고, 유리(類利)는 자기를 낳은 아비를 찾는다. 조(祖), 부(父), 손(孫) 모두가 탐색으로 일관되어 있어 전체적 이야기의 통일을 이루지만, 이렇듯 3대가 찾는 대상은 각기 다르다. 이것은 또 탐색담이기에 서사시의 일반적 특징이 그러하듯 여행담의 원형도 3대가 공통으로 내포한다. 해모수가 하늘에서 땅에 내려와 물속깊이 들어갔다가 다시 하늘로 되돌아간 것이나, 주몽이 고구려를 건국하기 위하여 북부여로부터 엄체수(淹滯水)를 건너 멀리 남하하는 일과, 유리 또한 생면부지의 아비를 찾아 고구려로 내려오는 행위 따위가 그것이다. 그러므로 조(祖), 부(父), 손(孫)을 분리시켜도 각기 다른 이야기로 독립될 수 있다.

주몽 당대의 이야기만 하더라도 독립될 수 있는 많은 화소(話素)를 가지고 있다. 햇빛으로의 잉태, 옆구리로부터의 탄생, 난생(卵生), 유기담(遺棄談), 짐승들의 보호, 지나친 조숙(早熟), 활의 명수, 적의 시기(猜忌), 질투(嫉妬), 양마(養馬) 속임수로 준마 획득, 세 원조자(동반자)의 만남, 어별(魚鼈)의 도움, 생모의 배려〔오곡(五穀)〕, 신모(神母)의 사자(使者), 군신 간의 위상 확정, 적과의 격술시합, 고각의 탕취, 속임수(훔친 고각, 집기 등), 흰 사슴의 포획(捕獲), 장맛비, 적의 항복, 궁성(宮城) 축조, 승천(昇天) 등 이와 같은 주몽전승은 무수한 화소(話素)들이 전체적 구조를 이루고 있음을 분석해 낼 수 있다. 물론 이들 화소는 독립될 수 있는 것도 있으나 몇 개가 합쳐져야만 하나의 이야기를 구성하는 경우도 다수 있음을 알 수 있다. 일반적으로 보아 하나의 전체적 구성은 수많은 이야기 단위로 분리될 수 있고 그것은 또 각기 독립된 모티브를 가지고 있다는 현상이다. 위의 세분화된 화소들이 기본단위가 되어 다음 몇 가지의 이야기 군으로 분류될 수 있다.

- 신이탄생담(神異誕生談)
- 유기담(遺棄談)
- 양마설화(養馬說話)
- 트릭스터
- 여행담(旅行談)
- 동물의 협조담(協助談)
- 신모(神母)
- 격술구합(擊述毬合)
- 고각획득담(鼓角獲得談)
- 서수포획담(瑞獸捕獲談)
- 홍수담(洪水談)
- 신통력에 의한 궁성축조담(宮城築造談)
- 승천(昇天)

이상과 같은 주몽전승을 구성하는 화소들에 덧붙여 해모수의 하강신화를 비롯한 약탈혼(掠奪婚), 변신술 시합 등과 유리(類利)의 심부담(尋父談)이 내포하고 있는 여러 화소(話素)들마저 합치면 서사시 "동명왕편"은 상당히 많은 이야기들의 묶음, 곧 신화, 역사, 전설 등으로 구성된 다양한 복합물임을 알 수 있다. 그것은 고대에 있는 민족의 전설적 영웅을 문학적으로 조소(彫塑)하는 것이기에 설화의 형태를 가지고 있음도 아울러 간과할 수 없는 요소이다.

한국 서사시에서 서사적 병렬의 극단적 형태는 이후 "용비어천가"의 서사적 구성 원리에서 찾을 수 있지 않을까 한다.

4. 그 밖의 특성(特性)

자고로 유럽의 문학연구가들에게 서사시는 매우 중요한 관심의 대상이 되어 왔고 그들은 한결같이 그 양식의 특수성과 우수성을 강조하여 왔다. 아리스토텔레스는 서사시를 비극 다음으로 중요한 문예 장르로 높이 주장하였고 르네상스의 비평가들은 오히려 모든 장르 가운데 최고의 문학형식으로 간주하기를 주저하지 않는다. 왜냐하면 이들은 서사시야말로 그 시대의 세계관과 학문의 총체적 수준을 망라할 수 있어야 할뿐더러 그것을 형상화할 수 있는 웅장한 규모와 다양성을 지탱할 만한 시인(詩人)의 지식과 창의력과 뛰어난 기량을 요구하는 것이라고 인식하였기 때문이다.[17)]

유럽에서도 역사시대 이래 수 천년동안 여러 나라의 언어로 수많은 서사시가 시도되어 왔지만 오늘날 그 위대성이 인정되어 많은 문학연구가들에게 문학사적으로 높이 평가받는 작품이란 겨우 대여섯 편에 불과하다고 하는 것만으로도 그 사정을 짐작하고도 남음이 있다. 우리의 "동명왕편"이 저들이 제기하는 서사시의 양식적 특성과 거의 일치하고 있다 함은 우리의 서사양식 발달이 보편적 차원에서 이룩되었을 뿐더러 세계문학의 수준에서도 그 우수성이 인정될 수 있지 않은가 한다. 서사시의 주인공은 앞에서 이미 설명한 바 민족의 신이나 영웅 혹은 종교적 인물이 된다. 이들 중심인물들의 행동이나 분위기로 야기되는 초월적이며 불가사의하며 신비스러운 사건이 단순히 흥미로운 이야기의 차원을 넘어서 보편적 진리

17) M. H. Abrams, 문학용어사전, 최상규(崔翔圭) 역 (대방출판사, 1985) p.81.

를 수반하는 형이상학적(形而上的) 가치의 세계를 제시하기도 한다.

이와 같은 서사시가 공통적으로 내포하고 있는 주제의식을 버질(Virgil)은

첫째, 인간의 운명에 대하여 의무부여를 시도하고 있으며,

둘째, 그들의 역사에 대한 확실한 설명이며,

셋째, 과거와의 관련 속에서의 현대적 의미의 인식파악이 된다.[18]

고 하였으며, 이와 같은 서사시의 주제인식은 형이상학적 가치세계의 구현뿐만 아니라 도덕성과 국민정신을 앙양시키고 현실을 인식하는 사회적 기능으로[19] 해석될 수 있다.

서사시가 민족의 신화와 역사에서 소재를 택해 위와 같은 역사의 보편성을 추구한다고 할 때 그것은 곧 애국정신이나 민족주의적 성향을 띠게 된다 함은 자명한 이치다. 호머의 "일리아드"와 "오디세이"를 비롯하여 서양의 중세에 창작된 서사시가 일반적으로 그러하였듯이 "동명왕편"도 그 추구되는 정신이나 이념은 궁극적으로 애국정신의 고취 또는 민족주의의 앙양 등으로 귀일될 수 있다. 이 점 또한 우연의 일치라기보다 서사시라는 문예양식의 세계적 보편성이란 측면에서 파악될 만하다.

서사시의 배경은 광대무변함이 보통이다. 오디세우스는 지중해 전역을 방랑한다. 왜냐하면 그것이 음유시인인 호모에게는 고대 희랍인들이 가지고 있는 지식 그대로 세계 전부였기 때문이다.

---

18) A. Praminger. *Encyclopedia of Poetry and Peetics, Princeton*. p.242.

19) 오세영(吳世榮) : 상게서(上揭書) p.94.

2억만 8천7백8십리의 드높은 창공으로부터 물속 깊이 하백의 궁전에 이르는 수직축과 북부여로부터 동해에 다다르는 수평축은 주인공인 주몽과 그의 부(父)와 자(子) 3대가 노니는 활동무대이다. 여기에서 수직축(垂直軸)은 신화와 공간이며 수평축(水平軸)을 역사영역을 의미함은 분명하다. 북부여(北夫餘)에서 동으로는 멀리 동해변까지, 남으로는 한반도까지를 지칭한다면 이는 옛 부여족들의 활동무대이며 이들 종족들에게는 이 공간이 세계 전부로 이해되었을 가능성을 상정할 수 있다. "일리아드"가 이 민족과의 싸움에서 승리를 쟁취한 영광의 기록이요, "오디세이"는 뱃길을 떠난 자가 종래에는 고향으로 돌아오는 귀향자의 노래라면, "동명왕편"은 수렵사회에서 농경사회로, 원시적 부족형태에서 최초로 민족국가를 세운 건국의 노래이다.

젊은 이규보는 오랫동안 한족(漢族)에게, 근자에는 몽고족과 같은 이민족의 굴욕적인 학정(虐政) 밑에 말살되어 가는 민족정기를 생각하며 고대 한민족이 실현한 바 있는 강력한 북방제국에 연연하였고 바로 그 고구려의 활달하고 강건한 기상 속에서 원초적이며 건강하며 활력에 넘친 투지와 기개를 가진 민족불멸의 전형을 찾고자 한 것 같다. 북에서 남으로, 북에서 다시 동으로 광활하게 펼쳐진 민족의 활동무대는 지난날 조상들이 웅비했던 서사시의 성스러운 공간으로 문학적 상상력을 통하여 다시 민족 개개인의 마음속에 깊이 아로새겨지게 된 것이다.

고대 서사시의 청중은 민족 전체가 된다. 구비전승 시대에는 입에서 전달됨이 유일한 방편이기에 형식에 구애받음이 없이 오직 그 이야기 줄거리만이 대를 거쳐 후손들에게까지 전달되었다. 사실 기록으로 남겨졌다고 하는 "구 삼국사"나 "삼국사기"에서의 주몽전승은 어떠한 문학적 양식으로서가 아니라 간략화 된 이야기 행태로, 그것도 이방언어인 한자로 채록되어 왔을 뿐이다. 이것은 민중의 입으로 전해지던 원형은 결단코 아니다. 그러나 이규보에 이르러서 5언율시라는 고시체(古詩體)에 기탁하여 영웅의 이야기를 담았을 때 이제는 최소한 민족을 지도하는 지배부류인 한자해득 계층의 독서물이 되어 백성들과 이들 문화담당자들이 공히 즐길 수 있는 민족의 노래가 된 것이다. 이와 같은 현상을 문학사적으로는 구비전승에서 고급한 문예양식의 변이로 구획 지을 수 있다.

이규보는 서사시를 통하여 민족의 재통일을 꿈꾸었다. 지배자나 민중이나 그간 흩어져 있던 민족 구성원들이나 이들 모두에게 공감대로 형성할 수 있는 민족의 구성원들이나 이들 모두에게 공감대를 형성할 수 있는 민족의 전설적 영웅을 새삼스레 조명함으로써 새로운 민족전체의 구심점을 획책하였다고 볼 수 있다. 사실 문학적으로 형상화된 동명왕 주몽이라는 전설적 인물을 고려의 뿌리와 본질적으로 동일시함으로서 민족의 위대성과 강력한 힘에 대한 의식을 고취시키고 나아가서 지배계층과 민중을 동등시하여 모든 계층을 신생통일국가인 고려의 건국이념 속에 흡수 통일하고자 했던 것이다.

이와 같은 측면에서 이규보가 주몽전승을 일부 민중들의 애상적(哀想的)이며 회고적 고담에서 민중 전체의 노래로 승화시킨 점이 높이 평가되어야 할 것이다. 여기에서 그가 서사시 양식을 채택할 수 있었던 높은 문학적 안목 또한 간과할 수 없는 중요한 부분이다. 왜냐하면 서사시는 그것이 보편적 특성이듯 우선 한 시대에만 국한되지 않는 민족의 신화가 그 제재로 가장 적합하며, 이야기 예술을 음악적 특성마저 곁들인 시적 양식과의 결합에서 얻을 수 있는 종합적 효과를 획득하고, 신화, 전설, 역사 등이 함께 자연스레 어울리는 설화(說話: narrative) 구조를 근간으로 하며, 서사시가 과거를 통한 현실에 대한 바른 인식과 궁극적으로는 현실을 초월케 하는 기능을 아울러 가지고 있기 때문이다.

서사시 "동명왕편"에는 서정적 사상의 구가(謳歌)는 없다. 해모수에 유화(柳花) 주몽에 예씨부인(禮氏夫人) 등 이들 영웅에게는 여성배필이 설정되어 있으나 남녀 간의 애틋한 로맨스는 한 마디도 없다. 여기서는 여성배필이란 오로지 잉태만을 위해 존재하는 무표정한 한낱 도구에 지나지 않는다.

유럽의 영웅서사시는 영웅적 충성과 용맹뿐만 아니라 서사적 사건의 종결을 위한 영웅다운 죽음의 숙명적 긍정과 죽음에 대한 갈망 그리고 이 모든 운명을 찬양하는 것을 특징으로 하고 있으나 사실 우리의 것에는 영웅적 죽음이 전혀 설정되어 있지 않는다.

서양의 것은 호머 이래로 주변 환경의 세부묘사와 인물의 구체적 표정마저 조소(彫塑)하는 구상성(具象性)을 제고(提高)시키고 있지만 우리의 것에서는 이와 같은 특징을 찾아보기가 또한 어렵다. 다소 관조적이며 정적 태도로 하늘이 정해준 한 영웅의 이야기 줄거리를 그저 담담히 율격과 음운에 맞춰 읊조릴 뿐이다. 우리의 것은 말하자면 너무 관념적이며 특정 이념만을 지나치게 강조하는 점이 없지 않다. 이와 같은 요소들이 물론 서사시의 본령은 아니지만 어쩌면 어떠한 영향관계도 가짐이 없이 동서에 자생적(自生的)으로 발생한 서사시의 차이점일 수도 있다.

사실 우리는 구전된 서사시의 자료를 전혀 갖고 있지 못하기에 위와 같은 동서의 부분적 비교도 지극히 피상적일 수밖에 없다. 서양은 호머에서와 같은 구전된 서사시도 있고 밀턴이나 단테의 것처럼 개인 창작에 의한 서사시가 있다. 앞의 사회적 성격이 강하게 투영되어 있고 낭송에 적합하게 꾸며진 것이라면 뒤의 것은 지나치게 개인의 창작의도가 강하게 작용한 문자해독과 그것으로 배열되어 야기되는 음운과 억양 그리고 이들 전체가 오묘하게 조성하는 뉘앙스를 음미할 줄 아는 독서계층의 것이다. 인류의 역사나 문화발달의 단계를 깊이 고려할 때, 더욱이 서사 문예양식의 변용과정을 감안할 때 이규보의 서사시 "동명왕편"은 구전과 창작의 양면을 공유하고 있는 중간단계에 놓이는 것 같다.

프랑스의 "롤앙의 노래"가 11세기, 독일 라인 강변의 "니벨룽겐의 노래"가 13세기이며, 단테의 "신곡(神曲)"이 14세기에 창작된 것을 감안하면 한국 서사시의 "12, 3세기의 우연"[20]은 우연이 아닌 우연처럼 구전과 창작의 중간에 자리 잡게 되어 매우 흥미롭다. 우리의 고전문학에서도 12세기의 "동명왕편"을 효시로 "제왕운기"를 거쳐 "용비어천가"에 이르는 14, 5세기까지 서사시의 시대가 열려 있었다면 우리의 서사시 양식을 독립시켜서 그 발생에서부터 종말에 이

20) 장덕순(張德順) : 전게서(前揭書) p.349.

르기까지의 사적 고찰과 장르론적 고구 또한 아울러 요망된다. 본고는 한국 서사시의 첫 시작인 "동명왕편"의 양식특성에만 국한시켰기에 이는 서사시 연구의 시작에 불과하다.

그러므로 본 연구는 서사시의 양식적 특성을 구명하고 하나의 문예양식의 기준(criterion)을 나름대로 제기하였다. 이와 같은 연구의 근거를 바탕으로 우리 고전문학 속에 남아 있는 영웅서사시와 서사시적 양상들이 총체적으로 재고(再考)되어야 할 것이다. 그것은 앞으로의 연구과제로 남겨둔다.

Ⅴ. "동명왕편(東明王篇)"의 구조해석

현존하는 최고의 사서(史書)인 "삼국사기"에 근거한 주몽전승의 주지는 해모수, 주몽, 유리에 걸쳐 이룩된 성취의 삼대록(三代錄)[1]으로 그 이야기의 전승형태는 신화, 사실, 전설의 세 가지 양식을 취하고 있다.[2] 김부식(金富軾)이 국내의 "고기(古記)"를 바탕으로 간간이 중국 측의 "위서(魏書)"를 대비 내지는 참조하여 고구려본기를 복원 시도한 것이 12세기 중엽이긴 하지만, 고구려 당대의 금석문(金石文)인 광개토대왕릉비(廣開土大王陵碑)의 기술은 적어도 5세기의 것으로 추정한다면 이 상고시대의 기술과의 상호 대비는 사기의 역사적 자료로서의 신비성에 매우 중요한 단서를 제공하게 되는 것이 아닌가 한다. 현존하는 최고의 금석문이요, 고구려사 연구의 최고의 사적비(史蹟碑)인 광개토대왕비에서는 다음과 같은 고구려 조종(祖宗)에 대한 기록을 확인할 수 있다.

---

1) 김열규(金烈圭) : 동명왕편의 3대 기적 문제 (새문사, 1986) pⅢ~45.

2) 주종연(朱鍾演) : 한국소설의 형성 (집문당, 1987) p.61.

유석시조추모왕지창기야 출자북부여 천제지자 모하백여랑 부
"惟昔始祖鄒牟王之創基也 出自北夫餘 天帝之子 母河伯女郎 剖

란강출생자 순차남행 노유부여엄리대수 왕임진언왈 아시황천지
卵降出生子…巡車南行 路由夫餘奄利大水 王臨津言曰 我是皇天之

자모하백여랑 추모왕 위왕연초초부구 응성랑연초부구 연후조도
子母河伯女郎 鄒牟王 爲王連草草浮龜 應聲郎連草浮龜 然後造渡

어비류곡홀본서성산상이건도언 고명세자 유유왕이도흥치 대주
於沸流谷忽本西城山上而建都焉…顧命世子 儒留王以道興治 大朱

유왕 소승기업구지십칠세손 국고상광개토경평 안호태왕 이구등
留王 紹承基業口至十七世孫 國罡上廣開土境平 安好太王 二九登

조호위영락태왕
祚號爲永樂太王…"

윗글에서 고구려의 시조 추모왕(鄒牟王)[3]이며 그는 북부여에서 천제를 아버지로, 하백의 딸을 어머니로 알에서 태어났으며, 훗날 거북이 등을 다리로 엄리수(奄利水)의 큰 강을 건너 남하하여 비류곡(沸流谷)에 나라를 세운 창업주이며, 왕세자 유유(儒留)에 의해 왕위가 튼튼히 승계되었으며 광개토왕은 그 17대손이란 왕실의 계보를 확인할 수 있다.

이는 왕릉의 주인공인 광개토대왕의 치적과 업적을 기리는 의미에서 비문 모두(冒頭)에 조종과 사적을 간략하게 설명한 글로 이해된다. 그러나 천제와 하백의 딸 사이에서 잉태된 주몽이 부여에서 그 아들 유유(儒留)에 의하여 승계되어 수성(守成)의 기틀을 탄탄히

3) 삼국사기에서도 주몽이 추모(鄒牟) 또는 중해(衆解)라고 불린다고 밝히고 있다. "시조 동명성왕 성고씨 휘주몽"(始祖 東明聖王 姓高氏 諱朱蒙) 〔일운추모운중해(一云鄒牟云衆解)〕.

이룩하였다는 창업에 얽힌 3대의 이야기는 "삼국사기"가 전거로 하고 있는 "고기(古記)"나 이규보가 그의 서사시의 원전으로 밝히고 있는 "구 삼국사"와는 같은 맥락에 놓여 있음을 알 수 있다.

현존하는 주몽의 탄생설화 기록은 대체로 세 가지로 나누어 볼 수 있다.[4)]

첫째, 중국 측 사서(史書)인 "논형(論衡)" 계열이다. 1세기 말 왕충(王充)이 편찬한 논형을 비롯하여 3세기 말 어환(魚豢)의 "위략(魏略)", 5세기 초 범엽(范曄)의 "후한서(後漢書)", 7세기 전반 배사염(排思廉)의 "양서(梁書)", 7세기 후반 이연수(李延壽)의 "북사(北史)", 그리고 "삼국유사"에서 인용된 편자와 그 연대미상인 "주림전(珠琳傳)" 등이 이 계열에 속한다. 탁이국왕(槖離國王), 고이국왕(槀離國王), 색리국왕(索離國王) 또는 영품이왕(寧槀離王)으로 각기 불리는 그 시비(侍婢)가〔천상유기대여계자종천이하(天上有氣大如鷄子從天而下)〕하여 임신하고 한 아이를 출산함으로 그가 훗날 부여왕이 되었다는 기록이다.

이는 논형(論衡)의 기술과 대동소이한 것으로 기원 전후의 고구려 건국과는 가장 가까운 시기의 가장 오래된 기록물로 그 탄생 신화가 지나치게 간략화 되어 있고 난생(卵生)이 아닌 태생으로, 그가 훗날 동명(東明)이 되었다는 기술이 특징이다.

둘째, 중국 측 사서(史書)인 "위서(魏書)" 계열이다. 주로 6, 7세기에 걸쳐 편찬된 것으로 위수(魏收)의 "위서(魏書)", 영호덕고(令狐德棻)가 찬한 "주서(周書)", 위징(魏徵) 등의 "수서(隋書)", 이연수(李延

4) 박두포(朴斗抱) : 민족영웅 동명왕설화고(東明王說話考), 화갑기념문집, pp.172~175.

壽)의 "북사(北史)", 두우(杜佑)의 "통전(通典)" 등이 이에 속한다. 여기에서는 햇빛이 비추어 잉태케 되었다〔위일소조유잉(爲日所照有孕)〕라고 지극히 간략하게 기술하고 장성하여 부여로부터 도망하여 고구려를 건국하였으니 그가 바로 주몽이라는 기록이다. 이것은 "위서(魏書)"의 기록과는 대동소이한 것으로 6, 7세기 이후 중국 측 사서에 나타나는 공식화된 기술로 특정 지을 수 있다.

셋째, 이른바 "구 삼국사"의 동명왕본기로 대표되는 계열이다. 멀리로는 5세기 초에 축조된 것으로 사료되는 예의 광개토대왕릉비와 비슷한 시기의 것으로 추정되는 "모두루묘지(牟頭婁墓誌)", "삼국사기", "삼국유사"의 "동명왕기"와 이규보의 고율시 "동명왕편"으로 복원되는 "구 삼국사"의 동명왕본기가 이에 속한다. 이는 고구려 당대인들과 그 유민들 혹은 그 후예들에 의해 전수되어 온 것으로 지난날의 우리들의 역사서 속에 기술되어 있는 사료들이다. 이들 기록은 중국 측의 것들보다는 더욱 상세하며 다소 신화의 형태를 갖추고 있는 설화로서 역사의 모두(冒頭)에 구조적으로 포용되어 엄연한 역사적 사실로 전수되고 있다는 점이다.

천제의 아들 해모수는 우리 측 기록에만 구체적으로 기술되며 막연한 하늘로부터의 기운이나 햇빛의 쏘임에서가 아니라 천제지자 천왕랑 해모수(天帝之子 天王郎 解慕漱)라는 성스러운 조종의 뿌리임을 소상히 밝혀 왕실의 성스러움을 드높인다. 위에서 설명한 5, 6세기 이전의 중국 측 기록인 "논형(論衡)" 계열이 고구려의 창업주를 한낱 시비(侍婢)나 시아(侍兒)로부터의 출생으로 격하시킴은 한족(漢族)들이 흔히 고구려를 하구려(下句麗)로 하대하기를 즐겼던

처사와 맥을 같이한다고 볼 수 있다. 여하튼 인간의 조종(祖宗)은 그들의 후손들에 의해서만이 각별히 존경받으며 모셔지고 있음과 같이 우리 측 기록에 의해서만이 완벽하게 주몽전승이 보전되어 왔음을 확인할 수 있다.

이규보가 "동명왕편" 서두에서 이미 밝히고 있듯이 "위서(魏書)", "통전(通典)"을 뒤에 읽어보니 역시 동명왕기를 넣었는데 간략하고 자세하지 못하였으니 국내의 것은 상세하고 외국 것은 소략한 뜻인지 모른다."고 하여 중국 측 사료의 미상하고 소략함을 이미 지적한 바 있다.

여하튼 하늘의 뜻이 그 아들 해모수에 의해 인간의 딸인 하백녀(河伯女)의 몸을 기탁하여 부여 땅에서 후사를 얻고, 훗날 그 주몽이 장성해서 남하하여 비류(沸流)땅에 고구려를 건국하는 창시자가 되고, 그 아들 유리(類利)가 북부여로부터 아비를 찾아 남하하여 친자임이 확인되어 장자인 그가 동명(東明)의 뒤를 이어 왕위를 승계하여 그 후 700여 년간이나 지속된 고구려의 기틀을 튼튼히 하였다는 이야기가 그 주지를 이루고 있다. 굳이 기호학적 도식(圖式)을 빌리지 않더라도 중심과 전후 중심과 상하라는 3의 숫자가 이룩하는 가장 안정된 정족(鼎足)과 3이 내포하는 성수(聖數)의 의미 속에서 우리 민족이 일찍이 이룩했던 고대국가 가운데 가장 강력하고 뛰어났던, 북방민족의 고토로 이어지는 길목에서 북으로 날로 팽창하는 한족의 세력을 견제하며 최후까지 그 성역을 용감히 지켰던 왕조(王朝)의 굳건한 토대와 기초를 확인할 수 있다.

훗날 왕조의 말기에 흔히 나타나기 마련인 정치권력에 얽힌 혼란에서 오는 자체 내의 모순과 동족인 이웃 나라와의 불화, 그리고 무엇보다 호시탐탐이 국기의 흔들림만을 노려왔던 한족들의 협공에 의해 멸망한 이후 거의 망각되었던 잊혀진 왕국의 신화의 복원은 새로운 민족정신의 부활과 그 앙양이라는 면에서 사뭇 의미 있는 일이었다. 밖으로는 대당(大唐)의 멸망에 따른 세계질서의 개편에 힘입어 북방에 불기 시작한 민족주의의 새로운 각성과 인식에 자극되고, 안으로는 한반도와 그 북방에까지 걸쳐 정립하였던 고대 삼국의 완전한 멸망에 따른 새로운 국사정립의 시대적 욕구에 부응하여 이규보는 아직도 민족의 뇌리에 깊은 잔영을 짙게 드리우고 있으나, 거의 꺼져가는 노래의 가락을 들추어내어 새삼스레 민족구성원의 가슴마다 젊은 혈기로 불꽃을 일구어 내었던 것이다. 그것은 까마득히 잊어 왔던 핏줄의 노래이기에 그 공명과 진동은 동시대인들에게는 물론 오늘날까지 깊고 크다.

서사시 "동명왕편"은 총 282구 1,410자로 된 5행시로 그 본장을 이루며 2,200여 자의 주가 본시의 이해를 위해 부연되어 있다.

본시가 담고 있는 내용과 형식으로 볼 때 대체적으로 서시(序詩), 해모수의 하강(下降)과 등천(登天), 주몽의 탄생과 성장, 고구려의 건국과 승천(昇天), 유리(類利)의 친부상봉과 왕권승계, 그리고 종시(終詩) 등 다섯 부분으로 나뉘어 고찰될 수 있다.

서시(序詩)는 24구, 해모수 관계는 86구, 주몽의 일생은 134구로, 유리(類利)에게는 겨우 4구, 그리고 종시(終詩)는 34구로 할애되어 있음을 감안하면 역시 주몽을 주인공으로 하는 노랫말이기에 주몽 당대가 주류가 되고, 그의 신비로운 탄생을 잉태케 한 전대가 버금으로 이들 양 대가 서사시 내용의 주축이 되며, 후대는 대물림에 대한 단순한 설명에 머문 것 같으나, 실상은 300여 자에 달하는 상당한 양의 보완설명을 주(註)로 처리하여 전체적 균형을 유지하고 있음을 알 수 있다. 위의 다섯 단계는 전체의 시를 구성하는 기본골격으로 전제할 때 그것은 다음과 같이 보다 세분화되어 분석 검토될 수 있다.

1. 서시(序詩: prologue)

원 기 판 돈 혼 元氣判沌渾	원기(元氣)가 판돈(判沌)한 것이 개벽이 되니
천 황 지 황 씨 天皇地皇氏	천황씨(天皇氏) 지황씨(地皇氏)가 있었다.
십 삼 십 일 두 十三十一頭	머리가 열셋 혹은 열하나이니
체 모 다 기 이 體貌多奇異	몸 모양이 기이함이 많았다.
기 여 성 제 왕 其餘聖帝王	그 나머지 성스러운 제왕들도
역 비 재 경 사 亦備載經史	고루 경서(經書)와 사기(史記)에 실려 있다.
여 절 감 대 성 女節感大星	여절(女節)은 큰 별을 느끼어
내 생 소 호 지 乃生小昊摯	소호지(小昊摯)를 낳고
여 추 생 전 욱 女樞生顓頊	여추(女樞)는 전욱(顓頊)을 낳았는데
역 감 요 광 위 亦感瑤光暐	북두성(北斗星)의 빛나는 광채를 느끼었다.

복 희 제 생 희 伏羲制牲犧	복희씨(伏羲氏)는 희생제도를 마련하였고
수 인 시 찬 수 燧人始鑽燧	수인씨(燧人氏)는 나무를 부벼 불을 만들었다.
생 명 고 제 상 生蓂高帝祥	명협(蓂莢)이 난 것은 제요(帝堯)때의 상서이며
우 속 신 농 서 雨粟神農瑞	속(粟)에 비가 내린 것은 신농씨(神農氏)때 상서이다.
청 천 여 와 보 靑天女媧補	푸른 하늘은 여와씨(女媧氏)가 키웠고
홍 수 대 우 리 洪水大禹理	홍수(洪水)는 하우씨(夏禹氏)가 다스렸다.
황 제 장 승 천 黃帝將升天	황제(黃帝)가 장차 하늘에 오르려 할 때
호 염 용 자 지 胡髥龍自至	수염 많은 용(龍)이 이르렀다.
태 고 순 박 시 太古淳朴時	순박(淳朴)했던 태고(太古) 때에는
영 성 난 비 기 靈聖難備記	어려워도 성인(聖人)의 기록을 갖추었다.
후 세 점 요 리 後世漸澆漓	후세(後世)에 점점 얇아져서
풍 속 예 태 치 風俗例汰侈	풍속(風俗)이 으레 지나치게 사치하고
성 인 간 혹 생 聖人間或生	성인(聖人)이 간혹 나기는 하였으나
신 적 소 소 시 神迹小所示	신이한 모습이 보이지 않는다.

일찍이 중원문화가 그려온 우주창조와 창세기적 신화가 서사시의 모두에 펼쳐지고 있다. 말하자면 우주적 혼돈에서 점차 질서가 잡히고 아울러 지구상의 개벽을 알리는 여명의 시기를 조명하며 중

원에서 오래 전하여 온 창조신화를 재현한다.

하늘과 땅의 구분, 불, 홍수, 곡식, 희생제도 등 원초적 개념과 얽힌 인위적 질서의식은 천황씨(天皇氏), 지황씨(地皇氏), 복희씨(伏羲氏), 수인씨(燧人氏), 신농씨(神農氏), 여와씨(女媧氏), 하우씨(夏禹氏) 등과 같은 신화적 인물들과 더불어 초인적이며 신비스러움마저 감도는 불가사의한 신화공간을 구성한다. 이는 역사시대의 전단계로 설정하고 있는 중국인들의 전통적 신화의식으로 그들의 "경전(經典)"과 "사기(史記)"의 모두를 장식한다. 〔역비경사(亦備經史)〕 그러므로 이규보는 중국 측의 신화를 빌어 역사 이전의 동북아의 신화공간을 그리고 있는 셈이 된다. 그가 서사시에서 드러내고 있는 짙은 민족의식의 갈구와는 상이하게 민족사의 여명을 중국의 것에 기탁하고 있는 모순은 어떻게 해명되고 이해하여야 할 것일까.

5천년의 역사와 2천년의 민족사와의 대비에서 훨씬 크고 오래된 것에 스스로를 의지함으로써 작고도 짧은 자신의 크기를 객관화시키려는 저의에서 비롯되는 것일까. 아니면 유구한 세월동안 중앙아시아의 고토(故土)로부터 남하에 남하를 거듭하여 바다로 막힌 한 반도로까지 내려와 비로소 나라의 형태를 갖추고 질서를 얻게 되는 동안 그 조상대대 전수되던 고유 신화를 다시는 찾을 길이 없기에 부득이 한인(漢人)들의 창세기를 역사의 시발 앞에 끌어다 놓을 수밖에 없는 어쩔 수 없는 상황 때문이었을까.

이 두 가지의 물음은 하나의 가능성으로 상정될 수 있다. 그러나 아무래도 그것은 20대의 젊은 이규보(李奎報)가 획득하고 있는 동아시아의 중세기적 지식과 교양의 수준에 입각한 보편적이며 객관적인 지적 섭렵의 결과가 아닌가 추측해 본다. 고구려가 멸망한 후 대당(大唐)이 획득한 것은 동아시아의 영토지배 뿐만 아니라 연호를 비롯한 모든 제도와 규범과 의식의 통일이었다. 신화와 역사조차도 그들 기준에 의해 개편되고 해석되지 않으면 안 되었다. 한인(漢人)들은 줄기차게 세계의 중심, 역사의 중심, 문화의 중심을 자처함으로써 스스로를 인류문화의 중심에 올려놓고 온갖 것의 기준으로 삼기를 강요하였다. 사실 역사시대와 선사시대는 그 전수의 방법차이만큼 각기 시대의 상상력과 사고표출의 방법은 다르다. 더욱 인류가 그 종족을 달리할 때는 언어의 차이만큼 전혀 다른 기호와 상상력의 소산인 신화체계를 갖고 있다 함은 하나의 상식이다.

고급한 중국의 문화와 접한 이후 이른바 기록시대에 와서는 논리와 질서를 통해 우주와 자연을 파악하려는 것이었기에 때로는 사실적이며 합리적이기도 했다. 더욱 기술매체가 자생적인 고유 언어가 아닌 수입된 외방문자에 고급화한 유가식(儒家式) 사고마저 곁들였을 때 전래신화는 유치하고 부끄러운 치부를 가리듯 문화의 장막 뒤에 감춰진 채 영영 사라지는 운명에 처했을 가능성이 짙다. 이른바 통삼(統三) 이후 날로 팽배하여 갔던 중원사상(中原思想)과 모화사상(慕華思想)은 우주의 중심 또는 세계의 중심[5]을 이 땅에서 중국으로 양보하고 스스로의 위치를 중국 측 기준에서만 확인하는 중시조(中始祖)로 전락하고 만 결과를 낳게 되었던 것이다. 또한 당의 질서에 의해 구축된 중세기적 지식으로 성장한 청년 이규보가 우리 민족의 원형신화(原形神話)가 아닌 중국 측 신화체계에 의존하여

5) M. Eliade : Cosmos and History, Harper Tarchbook p.26.

하늘을 연다고 그를 나무랄 것은 못된다. 문화적 식민지는 고유의 언어를 잃고 원조(元祖)를 상실하고 그들의 모태였던 신화의 시공(時空)마저 잃어버리고 문화적 종주국인 이방의 신화 속에서 껍질뿐인 빈 둥우리만을 찾게 되는 셈이 된다.

2. 해모수(解慕漱)

천제의 아들 해모수의 이야기는 세 단락으로 나뉘어 볼 수 있다.
첫째는 하늘로부터 해모수의 하강(下降)이며
둘째는 하백의 맏딸 유화(柳花)와의 약탈혼(掠奪婚)이며
셋째는 해모수가 하늘로의 회귀(回歸)이다.

한 신 작 삼 년 漢神雀三年	한(漢)나라 신작삼년(神雀三年)
맹 하 두 립 이 孟夏斗立已	첫여름 두성(斗星)이 이방(已方)을 가리킬 때
해 동 해 모 수 海東解慕漱	바다 동쪽에 해모수는
진 시 천 지 자 眞是天之子	참으로 하늘의 아들이었다.
초 종 공 중 하 初從空中下	처음에 공중에서 내려오는데
신 승 오 룡 궤 身乘五龍軌	몸이 오룡거(五龍車)를 탔다.
종 자 백 여 인 從者百餘人	따르는 사람이 백 여인인데

騎鵠紛襂襹 (기곡분삼려)	곡(鵠)을 타고 털과 갓으로 만든 옷을 화려하게 입었다.
淸樂動鏘洋 (청악동장양)	맑은 풍악은 장장하고 양양(洋洋)하게 움직이고
彩雲浮旖旎 (채운부의니)	채색 구름은 뭉게뭉게 떠오르고
自古受命君 (자고수명군)	예부터 명 받은 임금이
何是非天賜 (하시비천사)	무엇인들 하늘 주심이 아니 리오 마는
白日下靑冥 (백일하청명)	한낮에 푸른 하늘로 내려온 일은
從昔所未眎 (종석소미시)	예부터 보지 못한 일이다.
朝居人世中 (조거인세중)	아침에는 사람이 세상에서 살고
暮反天宮裡 (모반천궁리)	저녁에는 하늘 궁전으로 돌아간다.
吾聞於古人 (오문어고인)	나는 옛 사람에게서 듣건대
蒼穹之去地 (창궁지거지)	하늘에서 땅까지 거리가
二億萬八千 (이억만팔천)	2억만 8천
七百八十里 (칠백팔십리)	7백 80리
梯棧躡難升 (제잔섭난승)	사다리를 밟고 오르기도 어렵고
羽翮飛易瘁 (우핵비역췌)	깃과 날개로 날다 쉽게 지친다.
朝夕恣升降 (조석자승강)	아침저녁으로 마음대로 오르내리니

차 리 복 하 이
此理復何爾　이 이치가 또 어떠한가.

오늘날 기록으로 확인할 수 있는 부여인들의 가장 큰 비극은 그들 종족의 오래된 신화가 그들의 시간개념이 아닌 한족들의 시간기준에 의해서 그것도 한족들의 문자로 기술되어 전수되고 있다는 점이다.

"한나라 신작(神雀) 3년 4월 갑인(甲寅)에 하느님의 아들 해모수께서 부여땅에 내려오시다."라고 풀이할 때 시간개념은 이미 본래의 것이 아닌 동아시아 역사의 시간개념을 재단하고 주재하는 척도가 된 중원의 기준에 의거 기술되고 있다고 보아야 할 것이다. 이와 같은 양상은 서시에서 이미 중원의 창세기로 우주적 질서를 이야기하고 하늘을 연 서장(序章 : prologue)과는 전후의 맥락이나 순서가 잘 조응되는 상황으로 받아들일 만하다. 물론 해모수가 하늘을 비집고 부여 땅으로 하강한 최초의 신인(神人)이 아닐뿐더러 그곳에 나타난 최초의 개국왕은 더욱 아니다.

해모수는 해부루(解夫婁)가 이미 통치하고 있는 땅에 뒤이어 나타나 그를 몰아내고 천제의 아들이라 자처했을 뿐더러 해부루는 고조선을 연 단군의 아들이라고 "삼국유사"는 설명한다.[6] 전후의 맥락이나 과학적 추정으로 보아 해부루가 단군왕검의 아들이란 논리적으로 맞지 않는다. 그러나 주몽이란 이름이 부여에서 옛날부터 활 잘 쏘는 사나이에게 붙여진 범칭이듯 단군 또한 고조선을 창시

6) 삼국유사(三國遺事) 고려조(高麗條) 참조.

한 왕검만이 아닌 고대의 통치자 또는 제사장의 범칭이라 한다면 문제는 달라진다. "단군기"는 이 땅에 전수되는 신화 가운데 원신화(原神話 : Eigentciche Mythos)[7]에 가까운 유일한 것이다. 왜냐하면 그것이 시사하고 있는바 시간의 불확실성과 자연계를 지배하는 권능의 원초적 이야기가 담겨져 있기 때문이다. "내왕이천재(乃往二千載)"나 "석유환인(昔有桓因)"과 같이 모두의 초월적 시간제시와 천부인 3개와 풍백(風伯), 우사(雨師), 운사(雲師)의 대동 그리고 곡(穀) · 명(命) · 병(病) · 형(形) · 선악(善惡)과 같은 신화의 본원적 속성을 단군기는 지니고 있다.

이와 같은 원천의 이야기는 국토의 생성 혹은 천지의 구분, 생사의 기원 또는 불의 시작과 같은 모티브를 지니고 있기에 신화의 일반적 특성과 부합되는 것으로 사료된다.[8] 그러나 해모수의 이야기는 위에서 설명한 원신화의 개념과는 거리가 먼, 단순한 새로운 통치자의 출현을 천제의 맏아들의 하강이라고 다소 신화적으로 이야기를 꾸미고 있을 뿐이다. 시공간이 확정되어 있고 원초적 모티브를 전혀 갖고 있지 않다면 그것은 이미 신화 자체가 요구하는 원개념과는 거리가 멀다. 우주적 혼돈에 뒤이은 부여족의 아득한 그때(in illo tempore)[9] 애초에 땅이 아니라 한족들이 정리한 창세기 이후 그들의 역사 시간개념 위에 사뿐히 해모수와 그 일행이 내려앉은 결과가 된다. 머리에는 조우관(鳥羽冠)을 쓰고 허리에는 용광검(龍

7) G. Wilpert : Sachworterbuch der Literatur, Kroner, pp.533~534.

8) 주종연(朱鍾演) : 상게서(上揭書) p.30.

9) M. Eliade, Cosmos and History, Harper Tarchbook p.26.

光劍)을 찬 천제의 태자 해모수가 오룡거(五龍車)를 타고 그 뒤에 깃털로 만든 화려한 옷을 입고 흰 고니를 탄 100여명의 종자를 거느리고 풍악소리 울리는 가운데 하늘로부터 땅으로 내려온다. 이는 신화의 일반적 속성인 소박함을 뛰어넘은 무슨 군왕의 화려한 대관식의 행렬을 연상케 한다.

해모수가 하늘로부터 내려오면서 먼저 웅심산(熊心山)에서 열흘간 머문 다음 부여왕(夫餘王)의 옛 도읍지에 나타났다고 주석은 밝히고 있다.[10] 여기에서 웅심산(熊心山)이란 "삼국유사" 고려조(高麗條)에서 유화(柳花)가 천제의 아들 해모수에 의해 "웅신산(熊神山) 아래 압록강 기슭의 집에서 유인되어 정(情)을 통했다"고 기술한 것과 비교할 때 웅심산(熊心山)과 웅신산(熊神山)과는 동일의 것으로 볼 수 있다. "단군고기(檀君古記)"에서 환인(桓因)의 아들 환웅(桓雄)이 무리 3천을 이끌고 태백산 정상에서 신단수(神檀樹) 아래 내려와 신시를 이루고 그곳에서 웅녀(熊女)와의 사이에 아들 단군왕검(檀君王儉)을 낳았으니 그가 훗날 고조선을 연 창시자가 되었다 할 때 신단수, 신시, 그리고 대모신(大母神)이 된 웅녀(熊女) 등을 종합적으로 검토하여 보면 삼한 이전 고조선과 부여를 세운 종족은 웅심산과는 신화적으로 밀접한 관계에 있었음을 상정해 볼 수 있다. 그러므로 해모수의 일행이 민족의 시원(始源)인 성산에 먼저 참배하고 부여땅으로 내려옴으로써 자신의 신성성(神聖性)과 개국통치의 신성성을 짙게 암시하는 효과를 얻게 되는 것이다.

---

10) 이 부분은 이규보가 서문에서 밝히듯 구 삼국사의 전사(轉寫)로 보아야 할 것이다.

"예부터 명(命)을 받은 임금이
무엇이들 하늘주심이 아니리오만
한 낮에 푸른 하늘로부터 내려온 일은
예부터 보지 못한 일이다."

왕권이란 하늘로부터 주어진 운명의 소유자만이 갖게 되는 것, 따라서 창업주는 하늘로부터 선택된 신성한 자만이어야 한다. 따라서 그는 하늘과 땅 사이를 자유자재로 왕래할 수 있는 신일 수도, 인간일 수도 있는 "천왕랑(天王郎)"인 것이다. 그가 오르내리는 하늘과 땅 사이가 "2억만 8천7백8십리"란 표현이 그 구체적인 수치가 무엇에 근거하며 동양의 어떤 신화나 전설에서 연유하는 것인지 알 수는 없다. 그러나 이와 같은 표현은 고대인(古代人)이 가지고 있었던 상상(想像)의 소산으로 흥미롭게 생각해볼 만하다.

성 북 유 청 하 城北有淸河	성 북쪽에 청하(淸河)가 있는데
하 백 삼 녀 미 河伯三女美	하백(河伯)의 세 딸이 아름다웠다.
벽 출 압 두 파 擘出鴨頭波	압두(鴨頭) 물결을 헤치고 나와
왕 유 웅 심 사 往遊熊心涘	웅심(熊心) 물가에서 놀았다.
장 랑 패 옥 오 鏘琅佩玉鳴	쟁그랑 쟁그랑 패옥(佩玉)이 울리고
작 약 안 화 미 綽約顔花媚	부드럽고 가냘퍼서 얼굴이 아름다웠다.
초 의 한 고 빈 初疑漢皐濱	처음에는 한고(漢皐) 물가인가 의심하고

복 상 낙 수 지
復想洛水沚　다시 낙수(洛水) 모래톱을 생각게 한다.

왕 인 출 엽 견
王因出獵見　왕이 나가 사냥하다 보고는

목 송 파 유 의
目送頗留意　눈 주어 보내며 몹시 마음에 두었다.

자 비 열 분 화
玆非悅紛華　화려한 것을 좋아함이 아니라

성 급 생 계 사
誠急生繼嗣　참으로 뒤를 이을 아들 낳기에 급하였다.

삼 녀 견 군 래
三女見君來　세 여자가 임금이 오는 것을 보고

입 수 심 상 피
入水尋相避　물속으로 들어가 피하였다.

의 장 작 궁 전
擬將作宮殿　장차 궁전을 지어

잠 후 동 래 희
潛候同來戲　함께 와서 노는 것을 숨어서 망 보려 하여

마 과 일 획 지
馬撾一畫地　말 채찍으로 한번 땅을 그으니

동 실 홀 연 치
銅室歘然峙　구리집이 홀연히 우뚝 섰다.

금 석 포 현 명
錦席鋪絢明　비단자리를 눈부시게 깔고

금 준 치 순 지
金罇置淳旨　금 술잔에 맛있는 술을 차려 놓았다.

편 선 과 자 입
蹁躚果自入　과연 스스로 돌 쳐 들어와

대 작 환 경 취
對酌還徑醉　서로 대하여 술 먹고 크게 취하였다.

왕 시 출 횡 차
王時出橫遮　이럴 때에 왕이 나가 가로 막으니

경 주 근 전 지
驚走僅顚躓　놀라 달아나다 미끄러져 자빠졌다.

장녀왈유화
長女曰柳花 　맏딸 유화(柳花)가

시위왕소지
是爲王所止 　왕에게 붙잡히었다.

패옥(佩玉)이 쟁그랑거리도록 치장하고 용모가 부드럽고 가냘프며 얼굴이 아름다운 하백(河伯)의 딸은 오우관(烏羽冠)을 쓰고 용광검을 찬 해모수와는 어울릴 수 있는 한 짝이 된다. 여기에서 해모수와 하백의 딸이 몸에 걸친 장식만이 서사시 "동명왕편"에서 읽을 수 있는 유일한 외양 표현이다. 사실 이 점은 희랍의 고대 서사시 일리아드와 오디세이에서 그 특징으로 왕왕 지적되는 장식과 외양과 인물들을 옹위하고 있는 소도구들에 대한 미세한 묘사가 풍부한 점과 비교할 때 너무나 대조적인 특징으로 거론될 수 있다. 곡새를 탄 일단을 거느리고 하늘로부터 내려온 남성과 신이한 용자(容姿)가 아리땁고 여러 패옥(佩玉)으로 몸을 장식한 물에서 솟은 여성이 땅 위에서 서로 상봉하게 된다.

해모수가 유화(柳花)를 맞이하는 것은 위계(爲計)에 의한 겁탈형식으로 그는 일방적 의지실현에만 급급하다. "참으로 뒤를 계승할 아들 낳기에 급하다."〔성급생계사(誠急生繼嗣)〕 해모수에게는 이들 아름다운 하백의 딸들을 "얻어서 비(妃)를 삼으면 아들을 얻을 수 있는"〔왕위좌우왈득이위비가유후사(王謂左右曰得而爲妃可有後嗣)〕 오직 씨받이로만 보인 것이다. 여기서 그는 설화 속의 왕자들이 난관을 극복하기 위해 흔히 쓰는 방식인 트릭(trick)을 씀으로써 어떤 논리적 규범이나 도덕적 범주를 벗어난 한 서사시 단위로서의 이야기의 진전을 시도하게 되는 것이다. 말하자면 천제의 아들 해모수는 오로지 신성왕권의 지상(地上)에서의 구현만을 위해 다소 잔망스럽기까지 느껴지는 한 사기꾼인 트릭스터(trickster)[11]의 면모를 보이게 된다.

이와 같은 사기술은 스스로를 천제의 아들로 자처하는 모습[12]으로부터 비롯되며 그의 아들 주몽은 대모(大母)의 도움으로 준마를 얻는데서 속임수를 쓰고 비류왕(沸流王)과의 쟁패에서도 속임수로 그의 궁전이 더 오래된 것으로 가장함에 성공하고 그의 손(孫)인 유리(類利)는 그가 태자로 책봉되어가는 일련의 취임식담의 절차에서 문틈으로 들어온 햇빛을 타고 "하늘로 뛰어 오르기"[13]를 시범으로 보임으로써 3대에 걸친 트릭스터의 진면목을 발휘하게 된다.

해모수는 씨받이 여인을 유혹하기 위해 신통술(magic power)로 구리집 속에 비단자리와 술이 가득 담긴 금 술잔이 놓인 술상을 차려놓는다. 웅심(熊心) 못가에서 노닐다가 해모수 일행이 당도하자 물속으로 뛰어들어 자태를 감추는 모습은 물가에서 자맥질하며 놀다가 사람이 가까이 오면 물속으로 숨어버리는 늪가의 어류나 개구리를 연상케 한다. 겁먹은 듯 두룩거리는 커다란 두 눈망울과 부드럽고 탄력 있는 피부와 더욱이 벌거벗은 모습은 지극히 육감적이어서

11) 한국문학에서 trickster에 대한 고찰은 다음의 두 저술이 대표적이다.
조희웅(曺喜雄) : 설화학강요(說話學綱要) (새문사, 1989) pp.132~144.
김열규(金烈圭) : 한국문학사(韓國文學史) (탐구당, 1987) pp.385~406.

12) 삼국사기 고구려본기(高句麗本紀) 제1시조 동명왕편에도 똑같이 기술되어 있음.

13) 김열규(金烈圭) : 상게서(上揭書) p.389.

여체나 여성 상징 자체로 표현될 만하다.

어류들은 포획하는데 간교하게 위장된 미끼가 필요하듯 인어의 인상마저 풍기는 이들 여인의 마음을 사로잡는 데는 사치스럽게 치장된 정신적 마취제가 적격이며 이때 술(酒)은 매우 적절하게 고안된 대치물이 된다. 금속으로 된 단단한 접과 비단자리와 번쩍이는 금 그릇, 이런 것들은 오늘날에도 여인의 환심을 사기에는 충분한 것들이다. 여기에 곁들인 술은 이성을 마비시켜 엄격한 규율과 절제와는 상반되는 환락과 쾌락으로 인도하는 매개물로서의 기능을 다하기에 충분한 미끼의 역할을 담당한다.

해모수는 트릭으로서 과년한 하백의 장녀를 유인하는데 성공한다. 생면부지의 한 사나이가 그가 친 덫에 걸려 놀라 달아나다 미끄러져 자빠진〔경주근전지(驚走僅顚躓)〕 처녀를 사로잡아 정을 통함이란 약탈혼의 일종으로 해석하여야 한다. 그것은 하늘을 빙자한 일방적 강요이지만 수신(水神)인 하백에게는 과년한 딸을 가진 아비로서 거쳐야 할 몇 가지 절차를 필요로 한다.

하 백 대 노 진 河伯大怒嗔	하백(河伯)이 크게 노하여
견 사 급 차 사 遣使急且駛	사자를 시켜 급히 달려가서
고 운 거 하 인 告云渠何人	「너는 어떤 사람이기에
내 감 방 경 사 乃敢放輕肆	감히 이리 경박하고 방자한가?」
보 운 천 제 자 報云天帝子	「나는 천제(天帝)의 아들인데

고족청상누 高族請相累	높은 집안과 서로 혼인하기를 청한다.」
지천강룡어 指天降龍馭	하늘을 가리키니 용 수레가 내려왔다.
경도해궁수 徑到海宮邃	잡아타고 곧장 깊숙한 바다 궁전에 이르렀다.
하백내위왕 河伯乃謂王	하백(河伯)이 왕에게 이르기를
혼인시대사 婚姻是大事	「혼인은 큰일이다.
매지유통법 媒贄有通法	중매와 폐백이 통한 법이 있거늘
호내득자자 胡奈得自恣	어째서 이렇게 스스로 방자한가?」
군시상제윤 君是上帝胤	그대가 상제(上帝)의 아들이라면
신변청가시 神變請可試	신통한 변화를 시험하리라
연의벽파중 漣漪碧波中	넘실거리는 푸른 물결 속에
하백화작리 河伯化作鯉	하백(河伯)이 잉어로 화하니
왕심변위달 王尋變爲獺	왕이 변하여 수탉이 되어
입포불대규 立捕不待跬	몇 걸음 못가 쫓아 잡았다.
우복생양익 又復生兩翼	하백(河伯)이 또다시 두 날개로 하여
편연화위치 翩然化爲雉	꿩이 되어 날으니
왕우화신응 王又花神鷹	왕이 또 매가 되어
박격하대지 搏擊何大鷙	날아 치기를 맹렬히 하였다.

피 위 녹 이 주 彼爲鹿而走	저 편이 사슴 되어 달아나면
아 위 시 이 추 我爲豺而趨	이편은 승냥이가 되어 쫓았다.
하 백 지 유 신 河伯知有神	하백(河伯)이 왕의 신통함을 알고
치 주 상 연 희 置酒相燕喜	술을 내어 서로 잔치하며 기뻐하였다.
사 취 재 혁 여 伺醉載革輿	만취한 틈을 타서 가죽수레에 태우고
병 치 여 어 의 並寘女於輢	딸도 그 옆에 함께 태웠다.
의 령 여 기 녀 意令與其女	그 뜻을 그 딸과 더불어
천 상 동 등 비 天上同騰轡	함께 천상에 오르게 하려 함이었다.
기 거 미 출 수 其車未出水	그 수레가 물에 빠지기 전에
주 성 홀 경 기 酒醒忽驚起	왕이 술이 깨어 홀연히 놀라 일어났다.
취 녀 황 금 채 取女黃金釵	여자의 황금비녀를 빼어
자 혁 종 궁 출 刺革從穹出	가죽을 뚫고 구멍으로 나왔다.
독 승 적 소 상 獨乘赤霄上	혼자 붉은 하늘을 타고 올라서
적 막 불 회 기 寂寞不廻騎	소식 없이 다시 돌아오지 않았다.

여기서는 지상의 윤리와 관행이 초월자에 의해 무시되고 유린당한다. 양가의 혼사에 앞서 선행되어야 마땅한 중매와 혼인의 절차가 무시된 채 일방적 폭력에 의한 동거란 하백의 일갈(一喝)처럼 천

하의 법을 무시한 무례한 처사로 지체 높은 가문의 문정(門庭)을 욕되게 하는 행위였다. 그러나 하늘이 땅이나 물 위에서 늘 드리우듯 하늘의 뜻은 지상의 관행이나 질서에 우선한다. 그것은 해모수가 또 다시 출중한 트릭스터임을 입증함으로써 하늘의 뜻이 초법적인 명제임을 암시한다. 더욱이 하늘의 뜻이 등극과 연결되는 전제일 때 가령 탈해(脫解)가 거짓 꾸밈으로 표공(瓢公)의 집을 빼앗고, 수로왕(首露王)과는 왕권을 건 둔갑(遁甲)내기에서 뛰어난 변신술로 쟁패하듯 장차 이 땅의 창업주를 잉태케 하는 성사임을 전제할 때 그것은 어떤 것에도 우선되어야 하는 당위성을 갖게 된다.

해모수는 하백과의 변신술 경합에서 하늘과 땅과 물속에서 조차도 잉어와 꿩과 사슴을 따라잡을 수 있는 수달과 매와 승냥이로 각기 변신하여 힘과 능력의 우세를 과시한다. 힘겨루기는 문제해결의 궁극적 수단이 되며 이때 승리자만이 진리요, 정의의 편이 된다 함은 자명한 이치다. 이제 해모수는 하백과의 경합에서 승자가 되어 무비(無比)의 트릭스터임을 입증한다. 새 신랑이 되고 사위가 되는 통과제의에 당당히 합격되어 손색없는 초월자로서의 실체가 확인되려는 순간 그는 표연히 자기가 소속된 영역으로 되돌아감으로써 서사적 난관을 돌파하는 동기를 마련함과 아울러 새로운 갈등상황을 극적으로 야기시키는 이중효과를 남기게 된다. 하백에게는 안도가 곧 분노로 변하는 극히 원초적 감정의 극단적 교차를 일게 하여 감정의 소용돌이를 불러일으킨다. 엄밀히 말해서 해모수가 행한 지상에서의 역할은 이미 닦아 놓은 남의 터전에서 하늘의 계시를 빙자하여 해부루(解夫婁)를 몰아내고 자기의 씨를 심어 장차 새로운 왕국을 건설할 후사를 잉태시키는 과업뿐이다.

이 모두는 지극히 일방적 집행뿐이며 그것은 하늘의 뜻으로 호도(糊塗)됨으로써 당위직 성사(聖事)로 필연적인 귀결이 될 수밖에 없음을 강조한다. 그것은 하백의 맏딸을 납치하고 그와 같은 부도덕한 불륜을 꾸짖는 하백을 변신술 경합에서 제압하는 이야기의 구조에서 어렵지 않게 읽어낼 수 있다. 2억만 8천7백8십리나 되는 하늘로부터 100여명이나 되는 종자를 거느리고 위풍당당하게 지상에 내려온 해모수는 그가 납치하고 겁탈했던 유화(柳花)의 도움으로 간신히 몸만 빠져나와 그가 떠나 왔던 하늘나라로 서둘러 홀로 도망간다.

이것이 천제의 아들이 지상에서 행한 유일한 사업이다. 하늘을 날을 수 있고 또한 수중까지 깊이 들어가는 오능거(五能車)는 여기에서 하늘의 뜻이 지상에 강림(降臨)하는 매체인 세계수(世界樹: world tree)의 역할을 담당한다.

해모수는 이 편리한 도구에 기탁하여 하늘로부터 내려와서 수중 깊이 들어갔다가 다시 하늘로 되돌아간 자취만을 남긴다. 이때 그가 지상에 남긴 유일한 자취는 유화(柳花)의 자궁 속에 하늘의 뜻을 심어 놓은 일로 집약될 수 있다. 수신(水神)의 딸은 물과 결별하고 땅으로 나올 수밖에 없게 되고 그리고 그녀는 지상에 올라와서 성스러운 하늘의 씨앗을 받아 잉태와 출산의 성사를 홀로 치루어야만 했던 것이다.

3. 주몽(朱蒙)

천제의 손자요, 수신(水神) 하백의 외손인 주몽전(朱蒙傳)의 이야기는 세 단락으로 대별되어 고찰될 수 있다. 물론 서사시의 주인공이기에 본장(本章)의 절반이 그에게 할애되어 있다. 부(父) 해모수와 자(子) 유리(類利)에 이어지는 성스러운 가계의 중간에서 결정적인 역할을 수행하는 영웅의 일생으로 형상화된다. 여기에서는 탄생에서 죽음에까지 이르는 그의 생명과정(Life cycle)이 세 단계로 이루어져 있다.

첫째는, 주몽의 탄생과 성장단계이며
둘째는, 성업을 단행하기 위한 북부여로부터의 출분(出奔)이며
셋째는, 고구려의 건국과 그 영토 확장이다.

하 백 책 궐 녀
河伯責厥女　하백(河伯)이 그 딸을 책망하여

만 문 삼 척 이
挽吻三尺弛　입술을 잡아당겨 석자나 늘여놓고

내 폄 우 발 중
乃貶優渤中　우발수(優渤水) 가운데로 추방하고

유 여 비 복 이
唯與婢僕二　비복(婢僕) 두 사람만 주었다.

어 사 관 파 중
漁師觀波中　어부(漁父)가 물결 속을 들여다보니

기 수 행 비 애
奇獸行駓騃　이상한 짐승이 돌아다녔다.

내 고 왕 금 와
乃告王金蛙　금와왕(金蛙王)에게 고하여

철 망 투 규 규
鐵網投湀湀　쇠 그물을 깊이깊이 던졌다.

인 득 좌 석 녀
引得坐石女　돌에 앉은 여자를 끌어 당겨 얻었는데

자 모 심 감 외
姿貌甚堪畏　얼굴 모양이 심히 무서웠다.

진 장 불 능 언
唇長不能言　입술이 길어 말을 못하므로

삼 절 내 계 치
三截乃啓齒　세 번 자른 뒤에야 이(齒)를 열었다.

왕 지 모 수 기
王知慕漱妃　왕이 해모수의 왕비인 것을 알고

잉 이 별 궁 치
仍以別宮置　따로 방을 정하여 두었다.

회 일 생 주 몽
懷日生朱蒙　해를 품어 주몽을 낳았으니

시 세 세 재 계
是歲歲在癸　이 해가 계해(癸亥)년

골 표 량 최 기
骨表諒最奇　골상이 참으로 기이하고

제 성 역 심 위
啼聲亦甚偉　우는 소리 또한 심히 컸다.

초 생 란 여 승
初生卵如升　처음 되 같은 알을 낳았는데

관 자 개 경 계
觀者皆驚悸　보는 사람들이 모두 놀랐다.

왕 이 위 불 상
王以爲不詳　왕이 말하기를 「상서롭지 못하다.

차 개 인 지 류
此豈人之類　이것이 어찌 사람의 종류인가」

치 지 마 목 중
置之馬牧中　마구간에 두니

군 마 개 불 이
群馬皆不履　여러 말이 모두 밟지 않고

기 지 심 산 중
棄之深山中　깊은 산속에 버리니

백 수 개 옹 위
百獸皆擁衛　온갖 짐승이 모두 옹위하였다.

모 고 거 이 양
母姑擧而養　어미가 잠시 들여서 길으니

경 월 언 어 시
經月言語始　한 달이 지나 말을 시작하였다.

자 언 수 조 목
自言蠅睡目　스스로 말하기를 파리가 눈을 빨아서

와 불 능 안 수
臥不能安睡　누워도 편안히 잘 수 없다 하였다.

모 위 작 궁 시
母爲作弓矢　어미가 활과 화살을 만들어 주니

기 궁 불 허 기
其弓不虛掎　그 활이 헛되이 되지 않았다.

이 땅의 건국신화는 대체적으로 그 시조가 하늘로부터 내려오는 하강(下降)신화의 형태를 취하기에 범세계적 신화의 속성대로 난생(卵生)의 형식으로 탄생한다. 조류는 비상(飛翔)을 수단으로 하늘과 땅을 넘나들어 하늘과 땅과의 매체를 상징성을 갖게 되며 이는 동북아시아까지 그 분포의 영역으로 잡고 있는 샤머니즘 세계에서 심심치 않게 그 같은 기능을 수행하고 있음을 보게 된다. 상고대 왕국의 통치권과 종교적 주재(主宰)기능이 복합적으로 존립되어 왕자 즉 무왕(巫王)이라는 불가분의 관계가 존속될 때 왕자의 난생은 더욱이 그가 시조신으로 떠받들일 경우에는 한결 신성을 부여받게 된다. 박혁거세(朴赫居世)가 자란(紫卵)에서, 김수로(金首露)가 황금란에서 나옴으로 이들 모두가 같은 맥락에서 해석될 탄생담임에는 의

심의 여지가 없다. 여기에 곁들인 말(馬)과의 연관도 고대 특정 종족의 토속신앙이나 아니면 무조(巫祖)의 세계에서 공통으로 추출될 특정인지 아직 밝혀진 바 없다. 다만 말(馬)은 하나의 영물 또는 북방민족들이 일찍부터 순치(馴致)시켜 인간과 가장 가까운 가축 정도에서 이야기 대상으로 등장시킨 가능성을 배제할 수는 없다. 아직 닷 되들이 알〔초생란여승(初生卵如升)〕 상태에 있는 주몽을 말들이 보호하고 백마 한 마리가 꿇어앉아 절하는 모습으로 혁거세(赫居世)가 들어 있는 자란(紫卵)을 보호한다든가 하는 고구려와 신라의 건국시조들이 탄생설화에서 쉽게 추출되는 공통점들이다.

하지만 주몽이 들어있는 알이 모신(母神) 유화(柳花)의 왼편 옆구리에서 나오고 혁거세의 배필인 알영(閼英)이 계룡(鷄龍)의 왼편 갈비에서 탄생한다든가 분노한 아비 하백에 의해 길게 당겨진 유화(柳花)의 입술이 금와왕에 의하여 잘려 정상으로 돌아가듯 흡사 닭의 부리 같은 알영의 긴 입술이 월성(月城)의 북천 물에 씻기어 제 모습으로 돌아간 따위의 신화소(神話素 : Mythos)는 분명 해명되어야 할 문제로 지적될 수 있다.

금와왕의 방에 갇힌 유화의 품속에 해가 비치어 그것으로 인하여 주몽을 낳았다면 그는 분명 태양신의 아들이다. 당초에 해모수가 오룡거(五龍車)를 타고 채색 구름이 뭉게뭉게 피어오르는 하늘에서 내려오고〔초종공중하…채운부어시(初從空中下…彩雲浮於施)〕 아침에는 정사를 듣고 저물면 곧 하늘로 오르니 세상에서 그를 일컬어 "천왕랑(天王郎)"이라 했다는〔조즉청사모랑승천토 위지천왕랑(朝則聽事慕郎升天吐 謂之天王郎)〕 등의 표현으로 미루어 보아 이는 태양을 상징함에 틀림없다. 가령 중국 측 기록인 위서(魏書)에서는 「위일소조유잉(爲日所照有孕)」으로, 주서(周書)에는 「감일영소잉(感日影所孕)」, 수서(隋書)에는 「일광수이조지감이잉(日光隨而照之感而孕)」, 북사(北史)와 통전(通典)에는 공히 「위일소조유잉(爲日所照有孕)」으로 기술되어있는 것도 주몽이 태양신의 아들로 태어났다는 표출로 볼 수 있다. 이에 곁들여서 고찰될 부분은 유화(柳花)에 대한 의미망의 해석이다. 그녀의 아비는 수신이기에 그녀는 항상 물에서만 놀다가 해모수 일행과 맞부딪혔을 때 물속으로 깊이 자맥질하여 숨어버림은 위에서 이미 설명한 바와 같이 영락없는 개구리의 모습이다. 물이 양(陽)에 대조되는 음(陰)을 상징하듯 개구리 또한 겨울잠으로 하여 일정기간을 두고 숨었다 나타나기에 이른바 월동물(月動物 : lunar animal)로 상징된다.

유화(柳花)는 이와 같은 이중적 상징으로 하여 달(月)의 의미를 갖는다고 해석될 수 있다. 이와 같은 해석은 만포진(滿浦鎭) 대안(對岸)인 하반어두(下半魚頭)에서 발굴된 고구려 당대의 석문(石文)인 광개토대왕의 대사자(大使者) 모두루(牟頭婁)의 묘지문(墓誌文)에서 추모성왕(鄒牟聖王) 주몽을 "하백지손일월지자(河伯之孫日月之子)"라 일컫는 것으로 뒷받침될 수 있지 않을까 한다. 말하자면 고구려의 건국시조 주몽은 태양을 아비로, 달을 어머니로 한 지고지성(至高至聖)의 핏줄로 탄생한 아들이 된다.

고대의 신화를 비롯한 설화에서 이야기의 주인공인 영웅이 어렸을 때 그의 신체상의 특징이나 뛰어난 능력부분 자체가 아명(兒名)이 되는 경우가 적지 않음을 보게 된다. 고대 희랍 테베나라의 왕자

오이디푸스(Oedipus)는 발의 복숭아 뼈가 특별히 크기에 "부풀은 복숭아 뼈"라는 의미인 오이디푸스가 그대로 그의 아명(兒名)이 되었다던가 하는 경우는 우리의 전래동화에서도 쉽게 찾을 수 있는 것이다. 주몽이 활 잘 쏘는 사람에게 주어지는 옛 부여족들의 범칭〔부여과선사왈주몽(夫餘課善射曰朱蒙)〕이라 할 때 하필이면 그에게만 이와 같은 이름이 주어져 오늘날까지 전하여 오는가 하는 의문이 남게 된다. 이와 같은 경우는 신라 2대왕인 남해차차웅(南解次次雄)인바 차차웅(次次雄)은 자충(慈充)이라고도 하는데 방언(方言)에서 무당을 일컫는 범칭이라 할 때[14] 이와 같은 명칭이 어떻게 하여 그에게만 주어져 전하여 오는가 하는 의문과 비슷한 것이 된다.

오늘날 고대사회에서 정치적 통치자와 왕이 곧 제사장인 무(巫)를 겸했다는 학설을 차차웅(次次雄)과 같은 편린(片鱗)을 통해 유추 확인하듯 왕과 선사자(善射者)가 막연히 "싸움 잘 하는 장수"라는 평범한 유추이상의 어떤 등식관계나 함수관계가 명백히 존재한 것이 아닌지 이것은 앞으로 방계학문과의 깊은 유대를 전제로 하는 연구과제로 남기고 싶다.

연 지 점 장 대 年至漸長大	나이 점점 장성하니
재 능 일 점 비 才能日漸備	재능이 날마다 점점 갖추어졌다.
부 여 왕 태 자 夫餘王太子	부여왕(夫餘王)의 태자(太子)

14) 김부식 : 삼국사기 신라본기 제일남해차차웅(第一南解次次雄).

기 심 생 투 기
其心生妬忌　　그 마음에 투기가 생겼다.

내 언 주 몽 자
乃言朱蒙者　　말하기를 주몽이란 자는

차 필 비 상 사
此必非常士　　반드시 범상한 사람이 아니니

약 불 조 자 도
若不早自圖　　만일 일찍 도모하지 않으면

기 환 성 말 이
其患誠末已　　그 근심이 끝날 날이 없을 것이다.

왕 령 왕 목 마
王令往牧馬　　왕의 명령으로 가서 말을 기르게 하였으니

욕 이 시 궐 지
欲以試厥志　　그 뜻을 시험하려 함이었다.

자 사 천 지 손
自思天之孫　　스스로 생각건대 천제(天帝)의 손자로서

시 목 양 가 치
厮牧良可耻　　말을 기르는 것은 참으로 부끄러운 일이다.

문 심 상 절 도
捫心常竊導　　가슴을 어루만지며 항상 스스로 말하기를

오 생 불 여 사
吾生不如死　　내 삶이 죽는 것만 같지 못하다.

의 장 왕 남 토
意將往南土　　생각은 장차 남쪽 땅에 가서

입 국 입 성 시
立國立城市　　나라도 세우고 성시(城市)도 세우려 하지만

위 연 자 모 재
爲緣慈母在　　사랑하는 어머니가 계시기 때문에

이 별 성 본 역
離別誠本易　　이별이 참으로 쉽지 않구나.

기 모 문 차 언
其母聞此言　　그 어머니가 이 말을 듣고

잠 연 문 청 루
潸然抆淸淚　　눈물을 씻으며 말한다.

여 행 물 위 염
汝幸勿爲念　「너는 내 생각을 하지 말라

아 역 상 통 비
我亦常痛痞　나도 항상 마음이 아프다.

사 지 섭 장 도
士之涉長途　장사가 먼 길을 가려면

필 수 빙 애 이
必須憑騃駬　반드시 애이(騃駬)가 있어야 하느니라.」

상 장 왕 마 한
相將往馬閑　아들을 데리고 마구간에 가서

즉 이 장 편 추
卽以長鞭捶　긴 채찍으로 말을 때렸다.

군 마 개 돌 주
群馬皆突走　어린 말이 모두 달아나는데

일 마 병 색 비
一馬騈色斐　붉은 빛이 번쩍이는 한 말이 있어

도 과 이 장 란
跳過二丈欄　두 길 되는 난간을 뛰어 넘으니

시 각 시 준 기
始覺是駿驥　비로소 준마인 것을 알았다.

잠 이 침 자 설
潛以針刺舌　가만히 바늘을 혀에 꽂으니

산 통 불 수 사
酸痛不受飼　아파서 먹이를 받지 못한다.

불 일 형 심 구
不日形甚癯　며칠이 못 되어 심히 야위어

각 여 노 태 사
却與駑駘似　가장 용렬한 말과 같았다.

이 후 왕 순 관
爾後王巡觀　그 뒤에 왕이 돌아보고

예 마 차 즉 시
豫馬此卽是　말을 준 것이 곧 이 말이었다.

득 지 시 추 침
得之始抽針　얻고 나서 비로소 바늘을 뽑고

일 야 루 가 위
日夜屢加餧　밤낮으로 다시 먹었다.

암 결 삼 현 반
暗結三賢反　세 사람이 어진 벗을 맺으니

기 인 공 다 지
其人共多智　그 사람들이 모두 지혜가 많았다.

남 행 지 엄 체
南行至淹滯　남으로 향하여 엄체수(淹滯水)에 이르니

욕 도 무 주 의
欲渡無舟艤　건너려 하니 배가 없었다.

병 책 지 피 창
秉策指彼蒼　채찍을 잡고 저 하늘을 가리키며

개 연 발 장 위
慨然發長喟　개연히 긴 탄식을 한다.

천 손 하 백 생
天孫河伯甥　「천제(天帝)의 손자 하백의 외손이

피 난 지 어 차
避難至於此　난을 피하여 여기에 이르렀으니

애 애 고 자 심
哀哀孤子心　고자(孤子)를 불쌍히 여기는 마음으로

천 지 기 인 기
天地其忍棄　황천후토가 참아 버리겠습니까?」

조 궁 타 하 수
操弓打河水　활을 잡아 하수(河水)를 치니

어 별 병 수 미
魚鼈騈首尾　고기와 자라 머리와 꼬리를 나란히 하여

홀 연 성 교 제
屹然成橋梯　높게 다리가 이루어지니

시 내 득 도 의
始乃得渡矣　비로소 건널 수 있었다.

아 이 추 병 지
俄爾追兵至　얼마 후에 쫓는 군사들이 이르러

상 교 교 선 비
上橋橋旋圮　다리에 오르니 다리가 곧 무너졌다.

알에서 태어나고 골상(骨相)이 기이하며, 우는 소리가 심히 커 보통이 넘고, 달이 지나 말하기 시작하고, 어린 나이에 어미가 만들어 준 화살로 파리를 쏘아 맞혔다면 영웅이 될 싹으로는 충분하다. 더욱 장성하여 금와왕(金蛙王)의 일곱 아들과 그를 따르는 무리 40여 명이 사냥한 것을 모두 합친 것보다 주몽 혼자서 잡은 것이 훨씬 더 많았다면 이는 이미 사격술이 일당 백이요, 그가 결박된 나무를 통째로 뽑아 버렸다면 초인간적인 힘의 소유자인 장사(壯士)라는 암시로도 충분하다. 영웅담에서 유기담은 극복되어야 할 최초의 시련이요, 그것이 영웅의 탄생을 우선 신비롭게 장식하고 뒤따라 이어지는 고향으로부터의 출분(出奔)은 그 여행 자체가 일종의 통과제의(rilte of passage)의 성격을 띠는 것으로 맡은바 과업을 스스로 해결할 수 있는 능력이 인정되는 홀로서기의 또 다른 가혹한 시련인 것이다.

이와 같이 영웅이 거치도록 장치된 난관은 서사적 진행을 위해서 흔히 trick과 협조자의 도움으로 어렵잖게 풀어내야만 한다. 그러므로 애이(騃駬)의 획득과 어별(魚鼈)들의 도움으로 인한 엄체수(淹滯水)의 도강은 위 서사적 진행을 보다 흥미롭게 이끌어 가는 극적 장치들이다. 이것은 주몽전승이 안고 있는 가장 극적인 대목으로 서사시의 클라이맥스로 보아야 할 것이다. 장차 하늘의 뜻을 실현하기 위하여 멀리 떠나가도록 운명 지어진 영웅에게 불가결한 것은 준마의 획득이다. 이에는 당사자가 아닌 대모(大母)가 트릭스터의 역할을 담당한다. 준마를 고르고 혀에 바늘을 꽂아 쉽게 손에 넣도록 하는 계략은 어머니 유화(柳花)의 조언에 따른 것이다.

주몽은 어머니의 곁을 떠남으로써 비로소 예의 통과제의의 첫발을 딛게 된다. 이는 소년들이 입사식(入社式)에 선행되어 치루어지는 여성으로부터의 격리와 같은 의미로 해석될 만하다. 뒤에서는 금와왕의 아들이 지휘하는 추격군이 쫓아오고 앞에는 엄체수(淹滯水)라는 큰 강이 가로막고 있는 급박한 상황에 어별(魚鼈)들의 부교(浮橋)가 놓임은 호곡(號哭)하는 주몽의 갈구에 귀를 기울인 하늘의 도움이었다. 주몽이 그의 유일한 무장인 활로써 물을 치니 하늘이 감응하였다 함은 서사적 난관을 돌파하는 용의주도한 극적 구성을 감득케 한다. 목적지에 도착하기까지 주몽은 황천(皇天)과 후토(后土)의 도움으로 시련과 난관을 극복할 수 있었다. 이는 홀로서기에 아직 어리고 미숙하나 하늘과 땅이 함께 점지한, 그리고 그 뜻을 독립하고자 하는 어린 영웅에게 일깨워 줌으로써 고귀한 혈통과 성스러운 사명을 인식케 하는 저의가 암시되어 있다고 해석할 수 있다.

주몽이 금와왕의 아들들을 위해 감지하고 새로이 나라를 세울 터전을 찾아 남쪽으로 길 떠나기를 재촉하였다면 이 또한 탐색담 아닌 탐색담의 변종이라 볼 수 있다. 여기에 나타나는 원조자는 이런 유형의 정석대로 초인적 존재자인[15] 하늘이나 대모인 유화(柳花)가 될 수밖에 없게 된다. 말하자면 천제와 유화(柳花)는 인간을 넘어서는 초월자이기에 주몽의 원조자의 역할을 담당해도 아무런 무리가 없다. 천제의 아들 해모수는 지상에 내려와 씨받이 여인을 찾고, 그의 아들 주몽은 장차 나라를 세울 터전을 찾아 남하하고, 바야흐로

15) 조희웅(曺喜雄) : 상게서(上揭書) p.121.

2대에 걸친 탐색담은 서로가 다른 목적을 찾아 길 떠나는 운명을 공유하게 된다. 찾기놀이가 3대인 유리(類利)에까지 걸쳐 되풀이 된다면 전체적으로 통일된 구조를 갖고 있는 매우 뛰어난 착상의 이야기 예술로 보지 않을 수 없다.

위에서 이미 설명한바 주몽전승에 대한 중국 측의 논형(論衡)계나 위서(魏書)계와 더불어 우리 측의 기록과 일치하는 부분은 출생과 함께 혹은 알의 상태로 뭇 조수(鳥獸)의 보호를 받았고, 어려서부터 활의 명수였다는 점과, 성장 후에는 부여 땅에서 말을 기르는 목부(牧夫) 노릇을 하고, 그를 시기하는 왕이 죽이려는 기미를 알고 남쪽으로 도망을 하니 그때 마침 큰 강을 만나 어별(魚鱉)과 거북이가 놓아준 가교를 건너 남하에 성공하였다는 이야기 소들이다.

따라서 뭇 짐승들의 도움으로 숱한 위기를 극복하고 탈주에 성공하였다고 이야기를 단순화시킨다면 여기에서 짐승들은 탐색담의 정석대로 원조자의 역할을 훌륭히 수행하였다고 할 수 있다.

쌍 구 함 맥 비
雙鳩含麥飛　한 쌍 비둘기 보리를 물고 날아

내 작 신 모 사
來作神母使　신모(神母)의 사자가 되어 왔다.

형 승 개 왕 도
形勝開王都　형승(形勝)의 땅에 왕도를 여니

출 천 울 죄 규
出川鬱嶵巋　산천이 울창하고 우뚝하였다.

자 연 제 절 상
自然苐蕝上　자연의 띠 자리 위에

약 정 군 신 위
略定君臣位　대강 군신(君臣)의 자리를 정하였다.

돌 재 비 류 왕
咄哉沸流王　딱하다 비류왕(沸流王)이

하 내 불 자 규
何奈不自揆　어째서 스스로 헤아리지 못 하였던고

고 긍 선 인 후
苦矜仙人後　굳이 선인(仙人)의 후예인 것만 자긍하고

미 식 제 손 귀
未識帝孫貴　천제(天帝) 손자(孫子)의 존귀함은 알지 못하였다.

종 욕 위 부 용
從欲爲附庸　한갓 부용국(附庸國)으로만 삼으려 하여

출 어 불 신 사
出語不愼葸　말하는 것 조심하고 겁내는 것도 없었다.

미 중 획 녹 제
未中畫鹿臍　그런 사슴의 배꼽을 맞추지 못하고

경 아 도 옥 지
驚我倒玉指　우리 옥지환(玉指環) 깨치는데 놀랐다.

내 관 고 각 변
來觀鼓角變　고각(鼓角)이 변모한 것을 와서 보고

불 감 칭 아 기
不敢稱我器　감히 내 그릇이라고 말하지 못하였다.

내 관 옥 주 고
來觀屋柱故　집 기둥이 묵은 것을 와서 보고

작 설 환 자 괴
咋舌還自愧　혀를 깨물고 도리어 부끄러워했다.

동 명 서 수 시
東明西狩時　동명왕(東明王)이 서쪽으로 순수(巡狩)할 때

우 획 설 색 궤
偶獲雪色麂　문득 눈빛 고라니를 얻었다.

도 현 해 원 상
倒懸蟹原上　격원(骼原) 위에 거꾸로 달아매고

감 자 주 이 위
敢自呪而謂　저주(咀呪)하여 이르기를

천 하 우 비 류
天下雨沸流　「하늘이 비류(沸流)에 비를 나려

표몰기도비 漂沒其都鄙	그 도성과 변지(邊地)를 표몰(漂沒)시키지 않으면
아고불여방 我固不汝放	내가 너를 놓아주지 않으리니
여가조아치 汝可助我憤	너는 내 분함을 풀어다오」
녹명성심애 鹿鳴聲甚哀	사슴이 우는 소리 심히 슬퍼
상철천지이 上徹天之耳	위로 천제(天帝)의 귀에 사무쳤다.
임우주칠일 霖雨注七日	장맛비가 7일간 퍼부어
패약경회사 霈若傾淮泗	주룩주룩 회수(淮水) 사수(泗水)를 기울이는 듯
송양심우구 松讓甚憂懼	송양이 심히 근심하고 두려워하여
연류만횡위 沿流謾横葦	흐르는 물 따라 부질없이 갈대 밧줄을 가로 뻗치었다.
사민경래반 士民競來攀	백성들이 다투어 와서 밧줄을 잡아당겨
유한상악이 流汗相顎眙	땀을 흘리며 서로 쳐다보았다.
동명즉이편 東明卽以鞭	동명왕(東明王)이 곧 채찍을 들어
획수수정비 畫水水停沸	물을 그으니 물이 멈추었다.
송양거국강 松讓擧國降	송양이 나라를 들어 항복하고
시후막예자 是後莫豫呰	그 후에는 다시 헐뜯지 못하였다.
현운막골령 玄雲幕鶻嶺	검은 구름이 골령(鶻嶺)을 덮어
불견산리이 不見山邐迤	산이 연하여 뻗친 것이 보이지 않고

유 인 수 천 허 有人數千許	수천 명 사람의 소리가 들려
단 목 성 방 불 斷木聲髣髴	나무 베는 소리를 방불케 하였다.
왕 왈 천 위 아 王曰天爲我	왕이 말하기를 하늘이 나를 위하여
축 성 어 기 지 築城於其址	그 터에 성을 쌓는 것이다.
홀 연 운 무 산 忽然雲霧散	홀연히 운무(雲霧)가 흩어지니
궁 궐 고 류 외 宮闕高㠥嵬	궁궐이 높이 우뚝 솟았다.
재 위 십 구 년 在位十九年	왕위(王位)에 있는지 19년 만에
승 천 불 하 리 升天不下莅	하늘에 오르고 내려오지 않았다.

남쪽으로 멀리 길 떠나는 아들에게 어미는 오곡의 종자를 싸 보낸다. 도중에 큰 나무 아래에서 쉬던 주몽은 한 쌍의 비둘기로 하여금 가지고 온 보리 종자를 토하게 한다. "아마도 신모께서 보리 종자를 보낸 것이리라"〔응시신모사송맥자(應是神母使送麥子)〕라고 말한다. 이는 수렵에서 농경사회로 넘어가는 생활양식의 변이를 감득케 한다. 이때 비둘기는 비옥한 땅을 차지하여 농업 국가를 건설할 때 필수적인 종자를 운반하는 과정에서 난관을 해결하는 곡신모(穀神母)[16]의 전령사 역할을 담당한다. 여기에서 오곡이란 동양사회에서 전통적으로 일컬어 온 쌀, 보리, 조, 콩, 기장 등과 같은 밭농사의 곡식을 의미한다. 남쪽 해안의 일부 삼한지방에 답(畓)이 없는 것

16) 장덕순(張德順) : 영웅서사시 동명왕 (이규보 연구 1986, 새문사) p. Ⅲ14.

은 아니지만 한반도와 만주지방에 분포한 부여족들이 주로 밭농사에 의존하였음을 감안하면 특히 보리는 이들에게 절대불가결의 곡식이었음을 알 수 있다. 신모가 비둘기에 기탁하여 보리씨앗(麥種)을 보내왔음을 강조함은 이와 같은 맥락에서 그 의미가 해석된다.

농경사회로 전환한 부족에게 곡신과 지신과 더불어 대등한 혹은 그 변형으로서의 의미로 하늘과는 대척적(對蹠的)인 위상에 놓이게 된다. 지신(地神), 수신(水神), 곡신(穀神)은 서로가 근친성을 갖는 부류로서 땅과는 밀착되어서만이 존재한다. 그렇기 때문에 수신의 딸이 자연스럽게 곡신으로서의 변이가 가능한 것이 아닌가 유추된다.

더욱 유화(柳花)는 천제의 손자를 낳았을 뿐더러 창업주 주몽에게는 어미가 되기에 대모신 또는 신모의 지위로 격상됨은 자연스러운 귀결이다. 전술한 바와 같이 수렵사회에서 농경사회로 생활양식을 변화시킨 조종(祖宗)일진대 신모(神母)의 호칭은 지극히 당연한 것이다. 씨앗은 물과 햇빛의 도움이 있을 때 제 몫을 다한다.

주몽은 태양신인 아비와 수신인 외조부와 곡신인 어미의 계속적인 보살핌과 도움으로 하여 건국의 과업을 완성하게 되는 것이다. 일찍이 북부여에서 해모수가 선주자(先住者)인 금와왕을 몰아내고 왕을 자처하듯 주몽 또한 비류국(沸流國) 경승(景勝)의 땅에 왕도를 정하고 선주자인 비류왕(沸流王)을 몰아내지 않으면 안 된다.

해모수는 천제의 아들이기에 천제가 직접 아란불(阿蘭弗)을 통한 계시로서 금와왕으로 하여금 타처로 도읍을 옮기게 하고 그곳을 아들의 도읍지로 명하지만 주몽에게는 과업수행이 그리 순조로운 것만은 아니었다. 영토를 건 비류왕과의 대결은 스스로 감내하지 않으면 안 되는 또 다른 시련이었다.

여기에서 주몽은 비로소 트릭스터의 모습을 유감없이 드러낸다. 일찍이 혼인을 위한 변신술 시합에서 지상의 윤리를 무시하고도 이길 수 있었던 해모수를 아비로 하고 성업의 사명을 띠고 길 떠나는 아들을 위해 애이(駃騠) 곧 준마를 획득케 하는데 뛰어난 트릭스터의 역할을 담당했던 유화를 어미로 한 그 아들답게 주몽 또한 트릭의 명수가 됨으로써 서사적 난관을 훌륭히 극복한다. 비류왕과의 경합은 세 단계에 걸친 이야기로 나타난다.

첫째는, 사격술 시합이며,

둘째는, 북(鼓角)을 훔쳐오는 일이며,

셋째는, 누구의 집 기둥이 더 오래 묵은 것인가의 시합이었다. 주몽이 아명 그대로 활쏘기의 명수였기 때문에 첫 난관극복은 당연하였고 고각(鼓角)이란 고대 무왕(巫王)의 절대적인 필수품으로 그 권능의 상징인바 그것을 몰래 훔쳐 오래된 색깔로 변조시킴으로써 주인인 비류왕의 눈을 감쪽같이 속이는 쾌거를 올리고, 세 번째 또한 썩은 나무로 궁실의 기둥을 세워 더 오래되었음을 가장하는데 성공한다. 둘째와 셋째 난관은 두말할 필요도 없이 간교한 트릭의 도움으로 무사히 극복한다.

오늘날 과학적 논리나 도덕성으로 볼 때 영웅을 비열한 사기꾼이나 요술쟁이로 전락시키는 면이 없지 않으나 민속담의 트릭은 오히려 그것을 행하는 자의 신성의 과시나 신력의 증험(證驗)이 되는 엄숙한 요소가 된다.[17]

---

17) 김열규(金烈圭) : 상게서(上揭書) p.385.

선인(仙人)의 후예보다 신인(神人)의 후예가 더 우선이기에 여기서 보인 경합은 그와 같은 서열의 재확인이다. 말하자면 주몽은 부모로부터 양도받은 천부적인 트릭스터의 역할을 훌륭히 해 보임으로써 천제의 후손임을 증명해 보이는 것이다. 승부는 끝났지만 그대로 비류왕이 승복한 것은 아니다.

말하자면 주몽의 시련이 끝난 것이 아니다. 그는 자기의 부조(父祖)마저 속일 수 있는 트릭스터가 될 때만이 천명을 이룩할 수 있는 한 영웅이 되는 것이다. 백록(白鹿)은 성성(聖性)을 지닌 서수(瑞獸)로 고대에는 왕자가 될 운명이나 등극을 예시하는 상서로운 하늘의 뜻으로 흔히 상징된다. 이와 같은 하늘의 뜻을 역으로 이용하여 백록을 학대함으로써 하늘을 사무치게 하고 큰 장마를 지게 하여 목적하는 바를 얻을 수 있게 되었다면 주몽은 가히 트릭스터 중의 트릭스터임을 입증하고도 남음이 있다.

이러한 영토 확장은 지혜로서 이룩되는 것으로 주몽은 활의 명수이며 힘이 장사로 뛰어난 지략(智略)을 갖춘 출중한 영웅의 모습으로 개국의 성업을 완수하기에 이른다. 끝내는 하늘의 도움으로 궁궐을 짓고 성곽을 쌓아 왕국의 기초를 튼튼히 마치고 부조(父祖)가 있는 천국으로 승천하여 누대에 걸쳐 그 명성을 길이 남기게 된 것이다.

4. 유리(類利)

숙 당 유 기 절
淑黨有奇節　뜻이 크고 기이한 절개가 있으니

원 자 왈 유 리
元子曰類利　맏아들의 이름은 유리(類利)

득 검 계 부 위
得劍繼父位　칼을 얻어 부왕의 위를 이었고

새 분 지 인 리
塞盆止人詈　동이에 구멍을 막으니 부녀자의 꾸지람이 사라졌다.

고대신화를 포함하여 한국의 설화가 가장 두드러지게 내세울 수 있는 범세계적인 보편적 주제 가운데 하나는 탐색담이 아닌가 한다. W. H. 오든이 이미 설파하였듯이 탐색이란 잃어버린 단추를 찾는 일 같은 것이 아닌 한 번도 보고 듣지도 못한 무엇을 찾는 의미 있는 일을 뜻한다.

이 땅의 무격신화(巫覡神話)에서 바리공주가 저승에 가서 생명수를 구해오는 일이라던가 제석풀이에서 아버지 찾기 또한 탐색담의 중요한 모티브가 된다 함은 자명한 이치다. 그러나 한국 서사문학에서의 탐색 모티브의 가장 고전적 전형은 유리(類利)가 태자(太子)로 책봉되기까지에 이르는 과정에서 찾을 수 있는 것이 아닌가 한다. 아비 없이 편모슬하에서 거칠게 자라 참새 쏘는 것을 업으로 일삼는 유리 앞에는 핏줄의 확인을 위해 풀어야 할 몇 개의 난관이 가로놓인다. 여기서 핏줄의 확인이란 놀라운 신분상의 변신을 의미하며 그가 본래 소속되어야 마땅할 가문이나 집단으로서의 복귀를 의미한다. 그 최초의 난관은 수수께끼를 풀어내어 고귀한 혈통임을 보증받은 단검(短劍)을 찾아내는 일이다. 단검은 훗날 아비로부터 그 아들임을 확인받는 신물(信物)이 됨은 물론이다. 천애의 고아처럼 유리되어 있던 유리가 스스로의 힘으로 난관을 극복하고 본래의 핏줄과 접목됨으로써 가족과 재회하고 사회와 융합하게 된다면 이는 단원신화(單元神話)[18]의 전형적 구성이 된다. 아비를 찾고 왕위마저 얻게 된다면 더 이상의 기쁨은 없다. 상당한 분량의 주석으로 밝혀지는 유리전승의 이야기는 탐색담 가운데 찾기 모티브가 전체적 주지를 이룬다.

이는 한국 서사문학에서 흔히 등장하는 심부형(尋父型)의 가장 오래되고 전형적인 원류로 간주할 만하다.[19] 북부여에서 맏아들과 본부인이 함께 찾아왔다면〔왕자유리자부여여기모도귀(王子類利自扶餘與其母逃歸)〕[20] 주몽의 가족들은 참으로 오랜 이별 끝에 재회하는 기쁨의 순간이 된다. 그것은 원자 유리가 계부위(繼父位)하는 것으로 묵시적 설명을 꾀한다. 이에 따르는 친자확인은 까다로운 절차를 요구한다. 천제의 핏줄이요, 왕위 계승자이기에 신물(信物)만으로 흡족하지 않다.

아비 주몽으로부터 보다 신이한 징표를 더 요구받았을 때 유리는 창틈으로부터 새어 들어온 햇빛을 타고 몸을 날려 공중으로 높이 올라갔다가 내려와 부왕의 기대를 흡족하게 한다. 이는 태양신의

---

18) 김열규(金烈圭) : 한국민속과 문학연구(일조각, 1971) p.11. (1983) p.50.
19) 주종연(朱鍾演) : 한국문학의 한 원형에 대한 고찰(국민대 어문학 제1집, 1983) p.50.
20) 김부식(金富軾) : 삼국사기 권 제13 고구려본기(高句麗本紀) 제1.

후예임을 증명함과 북방아시아의 유목사회에서 전하는 등극식(登極式)이나 취임식담의 절차에서 나타나는 "하늘로 뛰어오르기"와 부합되는 상징행위로 해석될 수 있다. 신성가문의 후예답게 신이로운 재주를 아비 앞에서 시험받음은 나아가서는 뛰어난 트릭스터로서의 자질의 확인이기도 하다.

이제 주몽은 대를 이어줄 아들을 얻게 되어 성취된 과업의 수성을 보장받는다. 그리하여 조(祖)는 터전을 닦고 부(父)는 창업을 하고 손(孫)은 수성(守成)하는 이른바 3대에 걸친 제각기 다른 과업의 성취로 탄탄한 국기를 닦았다는 신화를 낳게 된다. 굳이 산술적 성분분석을 도모한다면 조(祖)는 천신(天神)의 아들이기에 그대로 온전한 신(神)이며 부(父)는 지상의 유화(柳花)와의 사이에서 태어났기에 반신(半神)이며, 손(孫)은 예씨부인(禮氏夫人)의 몸에서 나왔다면 그 신성(神聖)은 1/4로 감소된다. 이런 신성한 가족이야말로 고귀한 천신(天神)의 혈통으로 추앙받기에 충분하다.

따라서 조(祖)는 신적인 인물이요, 부(父)는 반역사적 인물이며, 손(孫)은 다소 전설적인 인물로 설정되어 있음을 상기하여 보면 이들 3대에 걸친 인물유형의 변화가 신적인 또는 제의적(祭儀的)인 인물이 유사역사적 인물로 화하고 다시 동화적인 공자로 변천하는 고대영웅담의 일반적 속성과 전적으로 맥을 같이하고 있음을 간과할 수 없다.

아울러 이들 3대를 한데 묶어 구조적 통일을 이룩한 이규보의 문학적 혜안(慧眼)과 그 탁월한 구성력은 높이 평가받아 마땅하다.

5. 종시(終詩)

아 성 본 질 목
我性本質木　내 성품이 본래 진실하고 소박하여

성 불 희 기 궤
性不喜奇詭　기이하고 괴상한 것을 좋아하지 않는다.

초 간 동 명 사
初看東明事　처음 동명왕(東明王)의 일을 보고

의 환 우 의 귀
疑幻又疑鬼　요술인가 귀신인가 의심하였다.

서 서 점 상 섭
徐徐漸相涉　서서히 섭렵(涉獵)하여 보니

변 화 난 의 의
變化難擬議　변화가 추측하고 의논하기 어려웠다.

황 시 직 필 문
況是直筆文　하물며 직필로 쓴 글이라

일 자 무 허 자
一字無虛字　한 글자도 헛된 것이 없다.

신 재 우 신 재
神哉又神哉　신이하고 또 신이하다.

만 세 지 소 위
萬世之所韙　만세에 아름다운 일이로다.

인 사 초 창 군
因思草創君　인하여 생각건대 창업하는 임금이

비 성 즉 하 이
非聖卽何以　성신이 아니면 어찌 이루리?

유 온 식 대 택
劉媼息大澤　유씨 여자가 큰 못에서 쉬다가

우 신 어 몽 매
遇神於夢寐　꿈에 신(神)을 만났다.

뇌 뢰 새 회 명
雷雷塞晦瞑　우레 번개에 천지가 캄캄한데

교 룡 반 괴 귀
蛟龍盤怪傀　교룡(蛟龍)이 괴이하게 서리었다.

因之卽有娠 (인지즉유신)	인하여 잉태하니
乃生聖劉季 (내생성유계)	성신한 유계(劉季)를 낳았다.
是惟赤帝子 (시유적제자)	이것이 적제(赤帝)의 아들
其興多殊祚 (기흥다수조)	일어남에 특이한 부조가 많았다.
世祖始生時 (세조시생시)	세조(世祖)가 처음 날 때에
滿室光炳煒 (만실광병위)	광명한 빛이 집안에 가득하였다.
自應赤伏符 (자응적복부)	스스로 적복부(赤伏符)에 응하여
掃除黃巾僞 (소제황건위)	황건적(黃巾賊)을 쓸어버렸다.
自古帝王興 (자고제왕흥)	예로부터 제왕이 일어나려면
徵瑞紛蔚蔚 (징서분울울)	많은 징조와 상서가 있었다.
末嗣多怠荒 (미사다태황)	마지막 자손이 게으르고 거칠음이 많아,
共絕先王祀 (공절선왕사)	모두 선왕이 제사를 끊어지게 하였다.
乃知守成君 (내지수성군)	이제야 알겠다. 수성(守成)하는 임금은
集蓼戒小毖 (집요계소차)	신고(辛苦)한 땅에서 작은 이에 조심한다.
守位以寬仁 (수위이관인)	왕위를 너그럽고 어짐으로 지키고
化民由禮義 (화민유예의)	백성을 예와 의로 교화한다.
永永傳子孫 (영영전자손)	길이길이 자손에게 전하여

어국다년기
御國多年紀　　많은 연대에 나라를 통치한다.

천여 년 전의 시간여행으로부터 시인은 비로소 현재적 위치로 돌아온다. 신화 그리고 역사와 전설이 뒤얽혀 6, 7백 년 동안 잡초에 묻힌 채 잊혀온 민족의 고토를 더듬으며 끈끈한 혈연적 연계를 되새긴다. 동아시아에서 한때는 한족의 끈질긴 북방으로의 진출을 막는 방파제 역할을 담당하며 훌륭히 민족의 성역을 지켜왔던 잃어버린 왕국의 영광을 되새김은 새삼스레 민족의 근원을 찾고 오늘의 위상을 조명하기 위함이다. 그것은 오랫동안 잃어버린 뿌리를 찾아 오늘을 접목시킴으로써 민족의 동질성 내지 주체성(identity)을 찾고자 하는 처절한 몸부림이다. 벌써 오래전에 이미 잊혀지고 잃어온 것이 아니라 오히려 백성들의 가슴속에 깊이 묻혀서 입에서 입으로 전해오는〔세다설동명왕신이지사 수우부준부(世多說東明王神異之事 雖愚夫駿婦)〕 민족의 성스러운 말씀의 새삼스런 확인인 것이다. 이제 그것을 되찾아 막혔던 피를 다시 이어서 그 후손임을 자랑하고자 하는 창작동기가 여기에 서려 있다고 보아야 할 것이다.

그것은 개인적 창작욕구 이상의 한 시대정신의 총체적 표출로 해석된다. 따라서 시인이 발을 딛고 서있는 고려가 민족의 근원을 가장 충실히 이은 후예임을 자처함으로써 그 정통성을 인정받으려는 숨은 뜻이 깊이 숨어 있음을 읽을 수 있다.

고구려가 그러했듯이 고려창국 또한 하늘의 뜻이 깊이 서려있다면 그 공통성으로 하여 국호의 유사성 이상의 동질성을 의미한다. 따라서 북방으로 웅비의 나래를 펴 고토(故土)를 회복함은 민족의 사명감 이상의 절대적 당위성마저 지니게 된다. 왜냐하면 고구려의 고토는 본래 우리의 영토이며 우리는 애초부터 중국과는 다른 신화체계를 이어온 독립단위 민족이기 때문이다.〔욕사부천하지아국본성인지도이(欲使夫天下知我國本聖人之都耳)〕

결론적으로 보아 고율시 "동명왕편"의 구성 원리와 구조해석은 다음과 같이 요약될 수 있다.

"동명왕편"은 총 282구 1,410자로 된 5언시로 그 본장을 이루며 220여 자의 주(註)가 본시의 이해를 위해 부연되어 있다. 본시가 담고 있는 내용과 형식으로 볼 때 대체로 서시(序詩), 해모수의 하강과 등천, 주몽의 탄생과 성장 및 고구려 건국과 승천, 유리(類利)의 친부상봉과 왕권계승, 그리고 종시(終詩) 등 다섯 부분으로 나뉘어 고찰되었다.

서시(序詩)와 종시(終詩)는 양식상 필요한 하나의 형식이며 시(詩)의 핵심은 표제 그대로 동명왕 주몽을 중심으로 한 부(父) 해모수와 자(子) 유리를 전후에 연결시킨 성가족(聖家族) 3대록이다.

고대 신화나 전설속의 영웅담의 일반적인 속성답게 "동명왕편"도 탐색담의 영역을 크게 벗어나지 못하고 있다.

제1대인 천제의 아들 해모수는 지상에 내려와 씨받이 여인을 찾고, 그의 아들 주몽은 장차 나라를 세울 터전을 찾아 남하하고, 3대인 유리는 생면부지의 아비를 찾아 그 아비가 걸었던 길을 따라 똑같이 남으로 길을 떠난다. 이들은 초월자의 도움으로, 혹은 뛰어난 트릭스터의 면모로 당면한 위기를 극복하여 소기의 목적을 달성한다. 말하자면 성취의 3대를 이룩한 셈이다.

여기서 3이라는 안정을 내포하는 성수(聖數)를 확인할 수 있을뿐더러 일찍이 몽고평원을 지나 만주와 한반도에까지 남하하던 부여족들이 수렵과 유목을 일삼다가 차츰 농경사회로 변전하는 사회적 변이현상도 아울러 감지할 수 있다.

이와 같은 현상은 동북아시아의 정치적 변동 상황과 깊은 함수관계가 있겠으나 기원 전후를 중심으로 한 시기로 신화적 · 공간적 역사공간의 공존하는 미묘한 시점으로 확인된다. 이는 조(祖)가 온전신(穩全神)이며, 부(父)는 반신(半神)이요, 손(孫)은 1/4신(神)으로 점차 인간화되어 가는 인물의 변용과정과 상응되어 나타난다. 이들 3대에 걸쳐 일어나는 인물유형의 변화는 신적 또는 제의적(祭儀的)인 인물이 유사 역사적 인물로 화하고 다시 동화적인 귀공자로 변천하는 고대 영웅담의 구조와 일치함은 알 수 있다. 그러나 3대에 걸쳐 일어난 제각기 다른 탐색작업이 궁극적으로는 하나의 통일된 주제 밑에 구조적으로 참여하고 있는 뛰어난 착상도 아울러 간과해서는 안 될 중요한 부분이다.

Ⅵ. 결론(結論)

한국문학의 연구와 그 사적(史的) 전개에서 서사시(Epos)에 대한 개념 정의는 금세기 40년대에 이르러 이명선을 필두로 그 후 장덕순, 주종연, 오세영 등에 의해 간헐적으로 시도되었다. 물론 이들이 개진한 문예학적 정의는 전적으로 서구의 이론을 차용하여 우리 것을 재단하는 과정에서 피력한 것들이지만, 이들의 이론을 종합 정리하여 얻어낼 수 있는 개념정의는 다음과 같이 요약 정리될 수 있다.

한 민족의 신화나 역사 속의 검출한 영웅상을 삽화적 이야기로 엮어 전체적으로는 통일된 결구를 갖게 하고 그것을 장중한 율격과 운문 속에 담아서 읊조리는 장편의 이야기 문학을 서사시라 한다는 결론이다.

이규보의 고율시 "동명왕편"을 본격적인 서사시로 부각시킨 것은 60년대 장덕순의 논문이 그 효시를 이룬다. 그 후 이우성, 조동일, 주종연에 의해 더욱 심도 있게 분석 고찰되었으며, 한국 서사문학에서 차지하는 서사시의 위상도 아울러 고구되었다.

"동명왕편"은 이들 연구자들에 의해 혹은 장르론적 입장에서 혹은 그것이 생성되게 된 사회적 측면에서 해석되고 분석되었기에 이와 같은 부분적 업적들을 기반으로 작품을 총체적으로 조망할 수 있을뿐더러 그 문예적 가치도 보다 객관적으로 해명할 수 있는 유리한 위치에 놓이게 되었다.

본고는 이들 선배 연구자들의 업적을 총괄하고 그 유기적 맥락을 조직화하면서 서사시 개념의 확정뿐만 아니라, 우리 문학에서의 사적 위치도 재점검하였다.

서사시 "동명왕편"이 생성되기까지에는 다음과 같은 역사적 및 문화적 배경이 고려될 수 있다.

첫째, 당제국의 멸망 이후 10세기부터 일기 시작한 북방 제민족들의 주체적 각성과 새로운 역사인식이 싹텄고,

둘째, 고려조가 신진관료 등용을 위한 과거제도 실시에서 유학경전과 더불어 한시(漢詩)와 부(賦)의 부과로 높은 수준의 한문지식과 구사력을 당대의 사대부 계층들이 획득하고 있었으며,

셋째, 김부식을 필두로 한 고려 최고의 석학(碩學)들에 의해 고려 건국의 이념과 국시를 천명하는 "삼국사기"를 관찬하여 그 존립의 의의와 국가통치의 규범을 제시하였으며,

넷째, 위에서 보인 건국의 이념과 국시를 토대로 그 범위 내에서 "동명왕편", "삼국유사", "제왕운기"와 같은 민족사에 대한 사사로운 개인 의견이 개진될 수 있어 역사문학이 싹틀 수 있는 분위기가 성숙되었으며,

다섯째, 이백, 두보, 왕유 등 당대의 거장들이 완성시킨 5언고체시가 그 양식적 특성으로 깊은 영향을 주었으며,

여섯째, 잃어버린 고토를 회복시켜 강력한 단일민족국가로 통일하고자 한 시대정신의 문학적 표현욕구 등이다.

서사시 "동명왕편"은 총 282구 1,410자로 된 5언시로 그 본장을 이루며 2,200여 자의 주가 본시의 이해를 위해 부연되어 있다.

본시가 담고 있는 내용과 형식으로 볼 때 대체적으로 서시(序詩), 해모수의 하강과 등천, 주몽의 탄생과 성장 및 고구려의 건국과 승천, 유리의 부친상봉과 왕권계승 그리고 종시(終詩) 등 다섯 부분으로 나누어 고찰될 수 있다.

서시와 종시는 형식상 필요한 하나의 장치이며 시의 핵심은 표제 그대로 동명왕 주몽을 중심으로 한 부(父) 해모수와 자(子) 유리를 전후에 연결시킨 성가족(聖家族) 3대록이다. 고대신화나 전설속의 영웅담의 일반적 속성답게 "동명왕편"도 탐색담의 영역을 크게 벗어나지 못한다.

제1대인 천제의 아들 해모수는 지상에 내려와 씨받이 여인을 찾고, 그의 아들 주몽은 장차 나라를 세울 터전을 찾아 남하하고, 3대인 유리는 생면부지의 아비를 찾아 그 아비가 걸었던 길을 따라 똑같이 남으로 길을 떠난다. 그들은 초월자의 도움으로, 혹은 뛰어난 트릭스터의 면모로 당면한 위기를 극복하여 소기의 목적을 달성한다.

말하자면 성취의 3대를 이룩한 셈이다. 여기서 3이라는 안정을 내포하는 성수(聖數)를 확인할 수 있을뿐더러 일찍이 몽고평원을 지

나 만주와 한반도에까지 남하하던 부여족들이 수렵과 유목을 일삼다가 차츰 농경사회로 변천하는 사회적 변이현상도 아울러 감지할 수 있다. 이와 같은 현상은 동북아시아의 정치적 변동상황과 깊은 함수관계가 있겠으나 기원전후를 중심으로 한 시기, 신화적 공간과 역사 공간이 공존하는 미묘한 시점으로 확인된다.

이는 조(祖)가 온전 신이며, 부(父)는 반신이며, 손(孫)은 1/4신으로 점차 인간화되어가는 인물의 변용과정과 상응되어 나타난다. 이들 3대에 걸쳐 일어나는 인물유형의 변화는 신적(神的) 또는 제의적(祭儀的)인 인물이 유사한 역사적 인물로 화하고 다시 동화적(童話的)인 귀공자로 변천하는 고대 영웅담의 구조와 일치한다. 그러나 3대에 걸쳐 일어난 제각기 다른 탐색작업이 궁극적으로는 하나의 통일된 주제 밑에 구조적으로 참여하고 있는 착상도 아울러 간과해서는 안 될 중요한 부분이다.

이규보는 서사시를 통하여 민족의 재통일을 꿈꾸었다. 당시의 지배계층이나 민중이나 사방으로 흩어져 있던 민족구성원 모두에게 공감대를 형성할 수 있는 민족의 전설적 영웅을 새삼 조명함으로써 새로운 민족 전체의 구심점을 획책하였던 것이다. 이와 같은 역사적 조명은 서사시라는 문예양식에 의해서만이 소기의 목적을 발휘할 수 있다고 그는 확신한 것 같다.

왜냐하면 서사시는 장르의 특징상 한 특정한 시대에만 국한되지 않는 민족 신화가 가장 적합하며, 이야기 예술을 음악적 특성마저 곁들인 시적 양식과의 결합에서 얻을 수 있는 종합적 효과를 노릴 수 있고, 신화 · 전설 · 역사 등이 함께 어울리는 설화(說話: narrative)

의 구조를 근간으로 하며 더욱 서사시는 과거를 통한 현재에 대한 바른 인식과 더불어 궁극적으로 현실로 초월케 하는 놀라운 기능을 발휘할 수 있기 때문이다.

| 자료(資料) |

동국이상국집(東國李相國集)

권제삼(卷第三)

동명왕편(東明王篇) 역주(譯註)

고율시(古律詩)

동명왕편병서(東明王篇並序)

동국이상국집(東國李相國集) 권제삼(卷第三)

동명왕편(東明王篇) 역주(譯註)

세상에서 동명왕의 신이(神異)한 일들을 많이들 말한다. 비록 어리석은 사나이와 어리석은 여자라도 제법 그 일들을 이야기한다. 내가 일찍이 듣고 웃으며 말하기를

「선사(先師)이신 "중니(仲尼)"께서 괴(怪)와 역(力)과 난(亂)과 신(神)을 말씀하지 않았는데 이 동명왕(東明王)의 일은 실로 황당하고 기괴한 일들이니 우리들이 이야기할 것이 못된다.」 하였다. 그 후 "위서(魏書)", "통전(通典)"을 읽어보니 역시 그 사실을 기록하였는데 간략하고 자세하지 못하였다. 이는 국내의 것은 상세히 하고 외국의 것은 소략(疏略)한 뜻인지도 모른다. 계축(癸丑)년 4월에 "구삼국사"를 얻어 "동명왕"의 본기를 읽어보니 그 신이한 사적(事蹟)이 세상에서 말하는 것보다 더욱 상세하였다. 그러나 역시 처음에는 믿지 못하고 귀신이요, 요술이라고 생각하였으나 세 번 반복하여 탐독하고 완미(玩味)하여 보니 요술이 아니요, 성(聖)이며 귀신

이 아니요, 신(神)이었다.

따라서 국사는 직필(直筆)로 쓴 글이니 어찌 허탄하게 전하였으랴? 김공 부식이 거듭 국사를 편찬할 때에 그 일을 많이 소략하였으니 생각건대, 공이 생각하기를 국사는 세상을 바로잡은 글이니 크게 이상한 일로 후세에 보일 수 없다 하여 소략하였나 보다.

상고하건대, 당 "현종(玄宗)" 본기(本紀)와 양귀비전(楊貴妃傳)에는 모두 방사(方士)가 하늘에 오르고 땅에 들어간 사실은 없는데 오직 시인 백낙천(白樂天)이 그 일이 윤몰(淪沒)될까 두려워하여 노래를 지어 기록하였으니 그것은 실상 황당하고 음란하며 기괴하고 허탄한 일이지만 오히려 노래로 읊어서 후세에 보였거든 하물며 동명왕의 사적은 변화의 신이한 것으로 여러 사람의 눈을 현혹한 것이 아니요, 실로 나라를 창시한 신이한 사적이니 이것을 기술하지 않으면 훗날 무엇을 볼 수 있으리오, 그러므로 시를 지어 기록하노니 천하로 하여금 우리나라가 본래 성인(聖人)의 나라임을 알게 하려 함이다.

세다설동명왕신이지사 수우부준부 역파능설기사 복상문지소
「世多說東明王神異之事 雖愚夫騃婦 亦頗能說其事 僕嘗聞之笑

왈 선사중니불어괴력난신 차실황당기궤지사 비오조소설 급독위
曰 先師仲尼不語怪力亂神 此實荒唐奇詭之事 非吾曹所說 及讀魏

서 도전역재기사 연략이미상 기상내략외지의야 월계축사월 득구
書 道典亦載其事 然略而未詳 豈詳內略外之意耶 越癸丑四月 得舊

삼국사 견동명왕본기 기신이지적 유세지소설자 연역초불능신지
三國史 見東明王本紀 其神異之迹 踰世之所說者 然亦初不能信之

의이위귀환 급삼복탐미 점섭기원 비환야내성야 비귀야내신야 황
意以爲鬼幻 及三復耽味 漸涉其源 非幻也乃聖也 非鬼也乃神也 況

국사직필지서 개망전지재 김공부식 중찬국사 파략기사 의자공이
國史直筆之書 豈妄傳之哉 金公富軾 重撰國史 頗略其事 意者公以

위국사교세지서 불가이대이지사 위시어후세 이략지야 안당현종
爲國史矯世之書 不可以大異之事 爲示於後世 而略之耶 按唐玄宗

본기 양귀비전 병무방사승천입지지사 유시인백낙천 공기사윤몰
本紀 楊貴妃傳 並無方士升天入地之事 唯詩人白樂天 恐其事淪沒

작가이지지 피실황음기탄지사 유차영지 이시우후 신동명지사 비
作歌以志之 彼實荒淫奇誕之事 猶且咏之 以示于後 矧東明之事 非

이변화신이현혹중목 내실창국지신적 즉차이불술 후장하관 시용
以變化神異眩惑衆目 乃實創國之神迹 則此而不述 後將何觀 是用

작시이기지 욕사부천하지아국본성인지도이
作詩以紀之 欲使夫天下知我國本聖人之都耳」

원기판돈혼
元氣判沌渾 원기(元氣)가 판돈(判沌)한 것이 개벽이 되니

천황지황씨
天皇地皇氏 천황씨(天皇氏) 지황씨(地皇氏)가 있었다.

십삼십일두
十三十一頭 머리가 열셋 혹은 열하나이니

체모다기이
體貌多奇異 몸 모양이 기이함이 많았다.

기여성제왕
其餘聖帝王 그 나머지 성스러운 제왕들도

역비재경사
亦備載經史 고루 경서(經書)와 사기(史記)에 실려 있다.

여절감대성
女節感大星 여절(女節)은 큰 별을 느끼어

내생소호지
乃生小昊摯 소호지(小昊摯)를 낳고

여추생전욱
女樞生顓頊 여추(女樞)는 전욱(顓頊)을 낳았는데

역감요광위
亦感瑤光暐 북두성(北斗星)의 빛나는 광채를 느끼었다.

복 희 제 생 희
伏羲制牲犧　　복희씨(伏羲氏)는 희생제도를 마련하였고

수 인 시 찬 수
燧人始鑽燧　　수인씨(燧人氏)는 나무를 부벼 불을 만들었다.

생 명 고 제 상
生蓂高帝祥　　명협(蓂莢)이 난 것은 제요(帝堯)때의 상서이며

우 속 신 농 서
雨粟神農瑞　　속(粟)에 비가 내린 것은 신농씨(神農氏)때 상서이다.

청 천 여 와 보
靑天女媧補　　푸른 하늘은 여와씨(女媧氏)가 키웠고

홍 수 대 우 리
洪水大禹理　　홍수(洪水)는 하우씨(夏禹氏)가 다스렸다.

황 제 장 승 천
黃帝將升天　　황제(黃帝)가 장차 하늘에 오르려할 때

호 염 용 자 지
胡髥龍自至　　수염 많은 용(龍)이 이르렀다.

태 고 순 박 시
太古淳朴時　　순박(淳朴)했던 태고(太古) 때에는

영 성 난 비 기
靈聖難備記　　어려워도 성인(聖人)의 기록을 갖추었다.

후 세 점 요 리
後世漸澆漓　　후세에 점점 얇아져서

풍 속 예 태 치
風俗例汰侈　　풍속(風俗)이 으레 지나치게 사치하고

성 인 간 혹 생
聖人間或生　　성인(聖人)이 간혹 나기는 하였으나

신 적 소 소 시
神迹小所示　　신이한 모습이 보이지 않는다.

한 신 작 삼 년
漢神雀三年　　한(漢)나라 신작삼년(神雀三年)

맹 하 두 립 기
孟夏斗立己　　첫여름 두성(斗星)이 민방(民方)을 가리킬 때

한(漢)나라 신작삼년(神雀三年) 4월 갑인년(甲寅年)이었다.

한 신 작 삼 년　사 월 갑 인
「漢神雀三年 四月甲寅」

해 동 해 모 수
海東解慕漱　　바다 동쪽의 해모수(解慕漱)는

진 시 천 지 자
眞是天之子　　참으로 하늘의 아들이었다.

본기(本紀)에 이르기를 부여왕 해부루(解夫婁)가 늙도록 아들이 없어 산천에 제사하여 아들 낳기를 구하였다. 타고 있던 말이 곤연(鯤淵)에 이르러 큰 돌을 보고 눈물을 흘리었다. 왕이 괴이하게 여기어 사람을 시키어 그 돌을 굴리게 하니 작은 아희가 있어 금빛 나는 개구리 형상 같았다. 왕이 말하기를 「이것은 하늘이 나에게 준 아들이 아닌가」 하고 거두어 기르니 이름을 금와(金蛙)라 하고 세워 태자로 삼았다. 정승 아란불(阿蘭弗)이 말하기를 일전에 하늘이 나에게 내려와서 말하기를 「장차 내 자손으로 하여금 이 땅에 나라를 세우려 하니 너는 피하라, 동해변에 땅이 있는데 이름은 가엽원(迦葉原)으로 땅이 기름지어 오곡에 적당하니 그곳이 도읍 할만하다.」 하였다. 아란불이 왕에게 권하여 도읍을 옮기고 동부여(東夫餘)라 이름하였다. 그 옛 도읍터에는 해모수가 천제의 아들로서 와서 도읍하였다.

본 기 운　부 여 왕 해 부 노 무 자　제 산 천 구 사　소 어 마 지　곤 연　견 대 석 유
「本紀云 夫餘王解夫老無子 祭山川求嗣 所御馬至 鯤淵 見大石流
루 왕 괴 지　사 인 전 기 석　유 소 아 금 읍 와 형　왕 왈 차 천 석 아 령 윤 호　내 목
淚王怪之 使人轉其石 有小兒金邑蛙形 王曰此天錫我令胤乎 乃牧

양지각왈금와 입위태자 기상아란불왈 일자천강아왈 장사오자손
養之各曰金蛙 立爲太子 其相阿蘭弗曰 日者天降我曰 將使吾子孫

입국어차 여기피지 동해지빈유지 호가엽원 토의오곡 가도야 아란
立國於此 汝其避之 東海之濱有地 號迦葉原 土宜五穀 可都也 阿蘭

불관왕이도 호동부여 어구도 해모수위천제자래도
弗觀王移都 號東夫餘 於舊都 解慕漱爲天帝子來都」

초종공중하 初從空中下	처음에 공중에서 내려오는데
신승오룡궤 身乘五龍軌	몸이 오룡거(五龍車)를 탔다.
종자백여인 從者百餘人	따르는 사람이 백 여인인데
기곡분삼려 騎鵠紛襂纚	곡(鵠)을 타고 털과 갓으로 만든 옷을 화려하게 입었다.
청악동장양 淸樂動鏘洋	맑은 풍악은 장장하고 양양(洋洋)하게 움직이고
채운부의니 彩雲浮旖旎	채색 구름은 뭉게뭉게 떠오르고

한(漢)나라 신작삼년(神雀三年)인 임술년(壬戌年)에 천제(天帝)가 태자를 보내어 부여왕 옛 도읍지에 내려와 놀게 하였는데 이름은 해모수이다. 하늘을 쫓아 오룡거(五龍車)를 타고 내려오는데 따르는 무리 백여 명은 모두 흰 곡새를 탔는데 채색구름은 하늘에 뜨고 풍악소리는 구름 속에서 들었다. 웅심산(熊心山)에 머물렀다가 10여일이 지난 후 비로소 내려왔다. 머리에는 조우관(鳥羽冠)을 쓰고 허리에는 용광검(龍光劍)을 찼다.

한신작삼년임술세 천제견태자 강유부여왕고도 호해모수 종천
「漢神雀三年壬戌歲 天帝遣太子 降遊夫餘王古都 號解慕漱 從天
이하승오룡거 종자백여인개기백곡 채운부어상 음악동운중 지웅
而下乘五龍車 從者百餘人皆騎白鵠 彩雲浮於上 音樂動雲中 止熊
심산 경십여일시하 수대조우지관 요대용광지검
心山 經十餘日始下 首戴鳥羽之冠 腰帶龍光之劍」

자고수명군
自古受命君　　예부터 명받은 임금이

하시비천사
何是非天賜　　무엇인들 하늘 주심이 아니 리오 마는

백일하청명
白日下靑冥　　한낮에 푸른 하늘로 내려온 일은

종석소미시
從昔所未眎　　예부터 보지 못한 일이다.

조거인세중
朝居人世中　　아침에는 사람이 세상에서 살고

모반천궁리
暮反天宮裡　　저녁에는 하늘 궁전으로 돌아간다.

아침에는 정사(政事)를 살피고 저물면 곧 하늘로 오르니 세상에서 그를 천왕랑(天王郎)이라고 했다.

조즉청사 모즉승천 세위지천왕랑
「朝則聽事 暮卽升天 世謂之天王郎」

오문어고인
吾聞於古人　　나는 옛 사람에게서 듣건대

창궁지거지
蒼穹之去地　　하늘에서 땅까지 거리가

이억만팔천
二億萬八千　　2억만 8천

칠 백 팔 십 리
七百八十里 7백 80리

제 잔 섭 난 승
梯棧躡難升 사다리를 밟고 오르기도 어렵고

우 핵 비 역 췌
羽翮飛易瘁 깃과 날개로 날으다 쉽게 지친다.

조 석 자 승 강
朝夕恣升降 아침저녁으로 마음대로 오르내리니

차 리 복 하 이
此理復何爾 이 이치가 또 어떠한가.

성 북 유 청 하
城北有淸河 성 북쪽에 청하(淸河)가 있는데

청하(淸河)는 지금의 압록강이다.\

청 하 금 압 록 강 야
「淸河今鴨綠江也」

하 백 삼 녀 미
河伯三女美 하백(河伯)의 세 딸이 아름다웠다.

맏딸은 유화(柳花)이며 다음은 훤화(萱花), 막내는 위화(葦花)이다.

장 왈 유 화 차 왈 훤 화 계 왈 위 화
「長曰柳花 次曰萱花 季曰葦花」

벽 출 압 두 파
擘出鴨頭波 압두(鴨頭) 물결을 헤치고 나와

왕 유 웅 심 사
往遊熊心涘 웅심(熊心) 물가에서 놀았다.

청하(淸河)로부터 웅심(熊心) 못 위에 나와 놀았다.

자 청 하 출 유 웅 심 연 상
「自淸河出遊熊心淵上」

장 랑 패 옥 오
鏘琅佩玉嗚　　쟁그랑 쟁그랑 패옥(佩玉)이 울리고

작 약 안 화 미
綽約顔花媚　　부드럽고 가냘퍼서 얼굴이 아름다웠다.

신이(神異)한 용자(容姿)가 아리땁고 곱고 여러 패옥이 쟁그랑 쟁그랑하여 한고(漢皐)와 다름이 없었다.

신 자 염 려 잡 패 장 양 여 한 고 무 이
「神姿艶麗 雜佩鏘洋 與漢皐無異」

초 의 한 고 빈
初疑漢皐濱　　처음에는 한고(漢皐) 물가인가 의심하고

복 상 낙 수 지
復想洛水沚　　다시 낙수(洛水) 모래톱을 생각게 한다.

왕 인 출 엽 견
王因出獵見　　왕이 나가 사냥하다 보고는

목 송 파 유 의
目送頗留意　　눈 주어 보내며 몹시 마음에 두었다.

자 비 열 분 화
玆非悅紛華　　화려한 것을 좋아함이 아니라

성 급 생 계 사
誠急生繼嗣　　참으로 뒤를 이을 아들 낳기에 급하였다.

왕이 좌우에 신하들에게 말하기를 「얻어서 비(妃)를 삼으면 아들이 있을 수 있다」 하였다.

왕 위 좌 우 왈 득 이 위 비 가 유 후 윤
「王謂左右曰 得而爲妃 可有後胤」

삼 녀 견 군 래 三女見君來	세 여자가 임금이 오는 것을 보고
입 수 심 상 피 入水尋相避	물속으로 들어가 피하였다.
의 장 작 궁 전 擬將作宮殿	장차 궁전을 지어
잠 후 동 래 희 潛候同來戱	함께 와서 노는 것을 숨어서 망보려 하여
마 과 일 획 지 馬撾一畫地	말채찍으로 한번 땅을 그으니
동 실 훌 연 치 銅室欻然峙	구리집이 홀연히 우뚝 섰다.
금 석 포 현 명 錦席鋪絢明	비단자리를 눈부시게 깔고
금 준 치 순 지 金罇置淳旨	금 술잔에 맛있는 술을 차려 놓았다.
편 선 과 자 입 蹁躚果自入	과연 스스로 돌 쳐 들어와
대 작 환 경 취 對酌還徑醉	서로 대하여 술 먹고 크게 취하였다.

그녀들이 왕을 보자 곧 물속으로 들어갔다. 신하들이 말하기를 「대왕(大王)은 어찌하여 궁전을 지어서 여자가 방에 들어오는 것을 기다려서 문을 가로 막지 않습니까?」 하였다. 왕이 그렇게 여기어 말채찍으로 땅에 금을 그으니 구리집이 갑자기 장관을 이루었다. 방 가운데에 세 자리를 베풀고 술을 차려 놓았다. 그 여자들이 각각 자리에 앉아 서로 술을 권하여 크게 취하였다.

기녀견왕즉입수 좌우왈 대왕하불작궁전 사녀입실당호차지 왕
「其女見王卽入水 左右曰 大王何不作宮殿 俟女入室當戶遮之 王

이위연 이마편획지 동실아성장려 어실중설삼석 치존주 기녀각좌
以爲然 以馬鞭畫地 銅室俄成壯麗 於室中說三席 置樽酒 其女各坐

기석 상관음주 대취운운
其席 相觀飮酒 大醉云云」

왕시출횡차
王時出橫遮 이럴 때에 왕이 나가 가로 막으니

경주근전지
驚走僅顚躓 놀라 달아나다 미끄러져 자빠졌다.

왕이 세 여자가 크게 취한 것을 기다려 급히 나가 막으니 그들이 놀라 달아나다가 맏딸 유화(柳花)가 왕에게 잡힌바 되었다.

왕사삼녀대취 급출차 여등경주 장녀유화위왕소지
「王俟三女大醉 急出遮 女等驚走 長女柳花爲王所止」

장녀왈유화
長女曰柳花 맏딸 유화(柳花)가

시위왕소지
是爲王所止 왕에게 붙잡히었다.

하백대노진
河伯大怒嗔 하백(河伯)이 크게 노하여

견사급차사
遣使急且駛 사자를 시켜 급히 달려가서

고운거하인
告云渠何人 「너는 어떤 사람이기에

내감방경사
乃敢放輕肆 감히 이리 경박하고 방자한가?」

보운천제자
報云天帝子 「나는 천제(天帝)의 아들인데

고족청상누 高族請相累	높은 집안과 서로 혼인하기를 청한다.」
지천강룡어 指天降龍馭	하늘을 가리키니 용 수레가 내려왔다.
경도해궁수 徑到海宮邃	잡아타고 곧장 깊숙한 바다 궁전에 이르렀다.

하백(河伯)이 크게 노하여 사자를 보내어 말하기를

「너는 어떤 사람이기에 내 딸을 붙들어 두었는가」 하니 왕이 대답하기를

「나는 천제(天帝)의 아들인데 지금 하백과 혼인을 하려 한다」 하였다. 하백이 또 사자를 보내어 말하기를

「네가 만일 천제의 아들로서 내게 혼인을 구할 생각이 있다면 마땅히 중매를 시켜야 할 것이지… 지금 문득 내 딸을 붙들어 놓고 있으니 어찌 그리 실례가 많은가」 하였다.

왕이 부끄러워서 하백을 곧 가보고자 하니 궁실(宮室)에 들어갈 수가 없었다. 그 여자를 놓아 보낼까 하였으나 이미 왕과 정이 들어서 떠나가려하지 않아 왕에게 권하기를

「용거(龍車)만 있으면 하백의 나라에 갈수 있다」 하였다. 왕이 하늘을 가리켜 고하니 얼마 후에 오룡거(五龍車)가 공중에서 내려왔다. 왕이 여자와 함께 수레를 타니 풍운이 홀연히 일더니 어느 사이에 하백궁(河伯宮)에 이르렀다.

하백대노견사고왈 여시하인 유아여호 왕보운 아시천제지자
「河伯大怒遣使告曰 汝是何人 留我女乎 王報云 我是天帝之子

금욕여하백결혼 하백우사고왈 여약천제지자 어아유구혼자 당사
今欲與河伯結婚 河伯又使告曰 汝若天帝之子 於我有求昏者 當使

매운운 금첩유아녀 하기실예 왕참지 장왕견하백 불능입실 욕방기
媒云云 今輒留我女 何其失禮 王慙之 將往見河伯 不能入室 欲放其

녀 여기여왕정정 불긍이거 내관왕왈 여유용거 가도하백지도왕지
女 女旣與王定情 不肯離去 乃觀王曰 如有龍車 可到河伯之図王指

천이고 아이오룡거종공이하 왕여녀승거 풍운흘기 지기궁
天而告 俄而五龍車從空而下 王與女乘車 風雲忽起 至其宮」

하백내위왕
河伯乃謂王　　하백(河伯)이 왕에게 이르기를

혼인시대사
婚姻是大事　　혼인은 큰일이다.

매지유통법
媒贄有通法　　중매와 폐백이 통한 법이 있거늘

호내득자자
胡奈得自恣　　어째서 이렇게 스스로 방자한가?

하백(河伯)이 예(禮)를 갖추어 영접하고 좌정한 후에 이르기를 「혼인의 도는 천하에 통하는 법인데 어찌하여 실례되는 일을 하여 내 문정(門庭)을 욕되게 하는가?」 하였다.

하백비례영지 좌정위왈 혼인지도 천하지통규 하위실례 욕아문
「河伯備禮迎之 坐定謂曰 婚姻之道 天下之通規 何爲失禮 辱我門

종운운
宗云云」

군시상제윤
君是上帝胤　　그대가 상제(上帝)의 아들이라면

신변청가시
神變請可試　　신통한 변화를 시험하리라

연의벽파중
漣漪碧波中　　넘실거리는 푸른 물결 속에

하 백 화 작 리
河伯化作鯉　하백(河伯)이 잉어로 화하니

왕 심 변 위 달
王尋變爲獺　왕이 변하여 수달이 되어

입 포 불 대 규
立捕不待跬　몇 걸음 못가 쫓아 잡았다.

우 복 생 양 익
又復生兩翼　하백(河伯)이 또다시 두 날개로 하여

편 연 화 위 치
翩然化爲雉　꿩이 되어 날으니

왕 우 화 신 응
王又花神鷹　왕이 또 매가 되어

박 격 하 대 지
搏擊何大鷙　날아 치기를 맹렬히 하였다.

피 위 녹 이 주
彼爲鹿而走　저 편이 사슴 되어 달아나면

아 위 시 이 추
我爲豺而趨　이편은 승냥이가 되어 쫓았다.

하 백 지 유 신
河伯知有神　하백(河伯)이 왕의 신통함을 알고

치 주 상 연 희
置酒相燕喜　술을 내어 서로 잔치하며 기뻐하였다.

사 취 재 혁 여
伺醉載革輿　만취한 틈을 타서 가죽수레에 태우고

병 치 여 어 의
並寘女於輢　딸도 그 옆에 함께 태웠다.

수레 옆을 의(輢)라 한다.

거 방 왈 의
「車傍曰輢」

의 령 여 기 녀
意令與其女　그 뜻을 그 딸과 더불어

천상동등비
天上同騰轡　함께 천상에 오르게 하려 함이었다.

기거미출수
其車未出水　그 수레가 물에 빠지기 전에

주성홀경기
酒醒忽驚起　왕이 술이 깨어 홀연히 놀라 일어났다.

하백(河伯)은 술이 7일만에야 깬다.

하백지주칠일내성
「河伯之酒七日乃醒」

취녀황금채
取女黃金釵　여자의 황금비녀를 빼어

자혁종궁출
刺革從穹出　가죽을 뚫고 구멍으로 나왔다.

독승적소상
獨乘赤霄上　혼자 붉은 하늘을 타고 올라서

적막불회기
寂寞不廻騎　소식 없이 다시 돌아오지 않았다.

하백이 말하기를

「왕이 천제의 아들이라면 무슨 신이(神異)한 것이 있는가?」 하였다. 왕이 말하기를

「시험하여 보라」 하였다.

하백이 뜰 앞의 물에서 몸이 변하여 잉어가 되어 물결 따라 노니 왕이 화하여 수달이 되어 그를 잡았다. 하백이 또 화하여 사슴이 되어 달아나니 왕이 화하여 승냥이가 되어 쫓았다. 하백이 화하여 꿩이 되니 왕이 화하여 매가 되어 그물을 쳤다. 하백이 생각하기를 참

으로 천제의 아들이라 하여 예로 혼인을 이루고 왕이 딸을 데려갈 마음이 없을까 두려워하여 왕에게 권하여 크게 취한 후에 딸과 함께 하늘에 오르게 함이었다. 그 수레가 아직 물에서 나오지 못하여 왕이 곧 술이 깨어서 여자의 황금비녀를 빼어 가죽수레를 뚫고 구멍으로 홀로 나와서 하늘로 올라갔다.

하백왈 왕시천제지자 유하신이 왕왈유재소시 어시하백 어정
「河伯曰 王是天帝之子 有何神異 王曰唯在所試 於是河伯 於庭
전수화위리 수랑이유 왕화위달이포지 하백우화위녹이주 왕화위
前水化爲鯉 隨浪而遊 王化爲獺而捕之 河伯又化爲鹿而走 王化爲
시축지 하백화위치 왕화위사격지 하백이위성시천제지자 이례성
豺逐之 河伯化爲雉 王化爲鷵擊之 河伯以爲誠是天帝之子 以禮成
혼 공왕무장녀지심 장악치주 권왕대취 여여인어소혁여중 재이용
婚 恐王無將女之心 張樂置酒 勸王大醉 與女入於小革輿中 載以龍
거 욕령승천 기거미출수 왕즉주성 취녀황금채 자혁여 종공독출
車 欲令升天 其車未出水 王卽酒醒 取女黃金釵 刺革輿 從孔獨出
승천
升天」

하백책궐녀
河伯責厥女 하백(河伯)이 그 딸을 책망하여
만문삼척이
挽吻三尺弛 입술을 잡아당겨 석자나 늘여놓고
내폄우발중
乃貶優渤中 우발수(優渤水) 가운데로 추방하고
유여비복이
唯與婢僕二 비복(婢僕) 두 사람만 주었다.

하백이 크게 노하여 그 딸을 책망하기를 「네가 내 훈계를 따르지

않아서 끝내는 내 가문을 욕되게 하였다」 하고 좌우 신하를 시켜 딸의 입을 쥐어 당기니 입술이 길이가 삼척이나 되게 하고 오직 노비 두 사람을 주어 우발수(優渤水) 가운데로 추방하였다. 우발(優渤)은 못 이름인데 지금 태백산 남쪽에 있다.

하백대노기녀왈 여불종아훈 종욕아문 영좌우문만여구 기진문
「河伯大怒其女曰 汝不從我訓 終欲我門 令左右紋挽女口 其唇吻
장삼척 유여노비이인 폄어우발수중 우발택명 금재태백산남
長三尺 唯與奴婢二人 貶於優渤水中 優渤澤名 今在太伯山南」

어사관파중 漁師觀波中	어부(漁父)가 물결 속을 들여다보니
기수행비애 奇獸行騃騃	이상한 짐승이 돌아다녔다.
내고왕금와 乃告王金蛙	금와왕(金蛙王)에게 고하여
철망투규규 鐵網投湀湀	쇠 그물을 깊이깊이 던졌다.
인득좌석녀 引得坐石女	돌에 앉은 여자를 끌어 당겨 얻었는데
자모심감외 姿貌甚堪畏	얼굴 모양이 심히 무서웠다.
진장불능언 脣長不能言	입술이 길어 말을 못하므로
삼절내계치 三截乃啓齒	세 번 자른 뒤에야 이(齒)를 열었다.

고기잡이 강력부추(强力扶鄒)가 고하기를 「근자에 발 가운데 고기를 훔쳐가는 이가 있었는데 무슨 짐승인지 알 수 없다」 하였다.

금와왕이 고기잡이를 시켜 그물로 끌어 올리게 하니 그물이 찢어져 다시 쇠 그물을 만들어 끌어 올리니 비로소 한 여자를 얻었는데 돌 위에 앉아 나왔다. 그 여자가 입술이 길어서 말을 못하므로 그 입술을 세 번 자르게 한 후에야 말을 하였다.

어사강력부추고왈 근유도량중어이장거자 미지하수야 왕내사
「漁師强力扶鄒告曰 近有盜梁中魚而將去者 未知何獸也 王乃使
어사이망인지 기망파열 경조철망인지 시득일녀 좌석이출 기녀진
魚師以網引之 其網破裂 更造鐵網引之 始得一女 坐石而出 其女脣
장불능언 영삼절기진내언
長不能言 令三截其脣乃言」

왕지모수기
王知慕漱妃　왕이 해모수(解慕漱)의 왕비인 것을 알고

잉이별궁치
仍以別宮置　따로 방을 정하여 두었다.

회일생주몽
懷日生朱蒙　해를 품어 주몽(朱蒙)을 낳았으니

시세세재계
是歲歲在癸　이 해가 계해(癸亥)년

골표량최기
骨表諒最奇　골상이 참으로 기이하고

제성역심위
啼聲亦甚偉　우는 소리 또한 심히 컸다.

초생란여승
初生卵如升　처음 되 같은 알을 낳았는데

관자개경계
觀者皆驚悸　보는 사람들이 모두 놀랐다.

왕이위불상
王以爲不詳　왕이 말하기를 「상서롭지 못하다

차개인지류
此豈人之類　　이것이 어찌 사람의 종류인가」

치지마목중
置之馬牧中　　마구간에 두니

군마개불이
群馬皆不履　　여러 말이 모두 밟지 않고

기지심산중
棄之深山中　　깊은 산속에 버리니

백수개옹위
百獸皆擁衛　　온갖 짐승이 모두 옹위하였다.

왕이 천제 아들의 비(妃)인 것을 알고 딴 방에 두었다. 그 여자의 품속에 해가 비치어 잉태하니 신작사년(神雀四年) 계해(癸亥) 여름 4월에 주몽을 낳았다. 우는 소리가 요란하고 골상이 영특하고 기이하였다. 처음 출생할 때 좌편 옆구리로 한 알을 낳았는데 크기가 닷되들이만 하였다. 왕이 괴이하여 말하기를 「사람이 새알을 낳았으니 상서롭지 못한 것이라」 하고 사람을 시켜 마구간에 두니 여러 말들이 밟지 않고 깊은 산에 버리니 온갖 짐승이 모두 호위하고 구름이 끼고 음침한 날에도 알 위에 항상 햇빛이 비치었다. 왕이 알을 어미에게 보내어 기르게 하니 알이 마침내 갈라져서 한 사내아이를 얻었다. 낳은 지 한 달이 못되어 말이 모두 정확하였다.

왕지천제자비 이별궁치지 기녀회중일요 인이유신 신작사년
「王知天帝子妃 以別宮置之 其女懷中日曜 因以有娠 神雀四年

계해세하사월생주몽 제성심위 골표영기 초생 좌액생일란 대여오
癸亥歲夏四月生朱蒙 啼聲甚偉 骨表英奇 初生 左腋生一卵 大如五

승허 왕괴지왈 인생조란 가위불상 사인치지마목 군마불천 기어
升許 王怪之曰 人生鳥卵 可爲不祥 使人置之馬牧 群馬不踐 棄於

심산 백수개호 운음지일 난상항유일광 왕취란송모양지 난종내개
深山 百獸皆護 雲陰之日 卵上恒有日光 王取卵送母養之 卵終乃開

득일남 생미경월 언어병실
得一男 生未經月 言語並實」

모고거이양
母姑擧而養　　어미가 잠시 들여서 길으니

경월언어시
經月言語始　　한 달이 지나 말을 시작하였다.

자언승수목
自言蠅睡目　　스스로 말하기를 파리가 눈을 빨아서

와불능안수
臥不能安睡　　누워도 편안히 잘 수 없다 하였다.

모위작궁시
母爲作弓矢　　어미가 활과 화살을 만들어 주니

기궁불허기
其弓不虛掎　　그 활이 헛되이 되지 않았다.

어머니에게 말하기를 여러 마리의 파리가 눈을 빨아서 잘 수가 없으니 어머니는 나에게 활과 화살을 만들어 달라고 하였다. 그 어머니는 댓가치로 활과 살을 만들어 주었다. 스스로 문례 위에 파리를 쏘는데 활을 쏘면 곧 맞았다. 부여에서는 활을 잘 쏘는 사람을 가리켜 주몽이라 하였다.

위모왈 군승참목불능수 모위아작궁시 기모이필작궁시여지 자
「謂母曰 群蠅噆目不能睡 母爲我作弓矢 其母以蓽作弓矢與之 自

사방거상승 발시즉중 부여위선사왈주몽
射紡車上蠅 發矢卽中 夫餘謂善射曰朱蒙」

연지점장대
年至漸長大　　나이 점점 장성하니

재능일점비
才能日漸備　재능이 날마다 점점 갖추어졌다.

부여왕태자
夫餘王太子　부여왕(夫餘王)의 태자(太子)

기심생투기
其心生妬忌　그 마음에 투기가 생겼다.

내언주몽자
乃言朱蒙者　말하기를 주몽(朱蒙)이란 자는

차필비상사
此必非常士　반드시 범상한 사람이 아니니

약불조자도
若不早自圖　만일 일찍 도모하지 않으면

기환성말이
其患誠末已　그 근심이 끝날 날이 없을 것이다.

나이들어 장성하니 재능이 갖추어졌다. 금와왕이 아들 일곱이 있는데 항상 주몽과 함께 사냥하였다. 왕의 아들과 따르는 자 40여명이 겨우 사슴 한 마리를 잡았다. 주몽이 사슴을 쏘아 잡은 것이 많았다. 왕의 아들이 이를 시기하여 주몽을 붙잡아 나무에 결박하고 사슴을 빼앗아 가니 주몽은 나무를 뽑아버리고 갔다. 태자 대소(帶素)가 왕에게 말하기를 「주몽이라는 자는 신통하고 용맹한 장사이므로 보는 것이 비상하니 만일 일찍 도모하지 않으면 반드시 후한이 있을 것이라」 하였다.

연지장대 재능병비 금와유자칠인 상공주몽유렵 왕자급종자사
「年至長大 才能並備 金蛙有子七人 常共朱蒙遊獵 王子及從者四

십여인유획일록 주몽사록지다 왕자투지 내집주몽박수 탈록이거
十餘人唯獲一鹿 朱蒙射鹿至多 王子妬之 乃執朱蒙縛樹 奪鹿而去

주몽발수이거 태자대소 언어왕왈 주몽자신용지사 첨시비상 약불
朱蒙拔樹而去 太子帶素 言於王曰 朱蒙者神勇之士 瞻視非常 若不

조도 필유후환
早圖 必有後患」

왕령왕목마 王令往牧馬	왕의 명령으로 가서 말을 기르게 하였으니
욕이시궐지 欲以試厥志	그 뜻을 시험하려 함이었다.
자사천지손 自思天之孫	스스로 생각건대 천제(天帝)의 손자로서
시목양가치 廝牧良可恥	말을 기르는 것은 참으로 부끄러운 일이다.
문심상절도 捫心常竊導	가슴을 어루만지며 항상 스스로 말하기를
오생불여사 吾生不如死	내 삶이 죽는 것만 같지 못하다.
의장왕남토 意將往南土	생각은 장차 남쪽 땅에 가서
입국입성시 立國立城市	나라도 세우고 성시(城市)도 세우려 하지만
위연자모재 爲緣慈母在	사랑하는 어머니가 계시기 때문에
이별성본역 離別誠本易	이별이 참으로 쉽지 않구나.

왕이 주몽을 시켜 말을 길러 그 뜻을 시험하려 하였다. 주몽이 마음으로 한을 품어 어머니에게 말하기를 「나는 천제의 손자인데 남을 위하여 말을 기르니 사는 것이 죽은 것만 못합니다. 남쪽 땅에 가서 나라를 만들려 하지만 어머니 때문에 마음대로 못합니다.」 하였다. 어머니가 말하기를…

왕사주몽목마 욕시기의 주몽내자회한 위모왈 아시천제지손
「王使朱蒙牧馬 欲試其意 朱蒙內自懷恨 謂母曰 我是天帝之孫
위인목마 생불여사 욕왕남토 조국가 모재불감자전 기모운운
爲人牧馬 生不如死 欲往南土 造國家 母在不敢自專 其母云云」

기모문차언
其母聞此言 그 어머니가 이 말을 듣고

잠연문청루
潛然抆淸淚 눈물을 씻으며 말한다.

여행물위염
汝幸勿爲念 「너는 내 생각을 하지 말라

아역상통비
我亦常痛痞 나도 항상 마음이 아프다

사지섭장도
士之涉長途 장사가 먼 길을 가려면

필수빙애이
必須憑騃駬 반드시 애이(騃駬)가 있어야 하느니라.」

상장왕마한
相將往馬閑 아들을 데리고 마구간에 가서

즉이장편추
卽以長鞭捶 긴 채찍으로 말을 때렸다.

군마개돌주
群馬皆突走 어린 말이 모두 달아나는데

일마병색비
一馬騈色斐 붉은 빛이 번쩍이는 한 말이 있어

도과이장란
跳過二丈欄 두 길 되는 난간을 뛰어 넘으니

시각시준기
始覺是駿驥 비로소 준마인 것을 알았다.

도전(道典)에 이르기를 주몽의 탄 말을 가리켜 모두 과하마(果下馬)라 하였다.

도전운 주몽소승 개과하야
「道典云 朱蒙所乘 皆果下也」

잠이침자설
潛以針刺舌 가만히 바늘을 혀에 꽂으니

산통불수사
酸痛不受飼 아파서 먹이를 받지 못한다.

불일형심구
不日形甚癯 며칠이 못 되어 심히 야위어

각여노태사
却與駑駘似 가장 용렬한 말과 같았다.

이후왕순관
爾後王巡觀 그 뒤에 왕이 돌아보고

예마차즉시
豫馬此卽是 말을 준 것이 곧 이 말이었다.

득지시추침
得之始抽針 얻고 나서 비로소 바늘을 뽑고

일야루가위
日夜屢加餧 밤낮으로 다시 먹였다.

그 어머니가 말하기를 「이는 내가 밤낮으로 마음을 아프게 하는 것이다. 내가 들으니 장사(壯士)가 먼 길을 가는 데는 반드시 준마를 타고 가야 한다. 내가 말을 고르겠다.」 하고 말의 목장으로 가서 긴 채찍으로 어지럽게 때려서 여러 말이 모두 놀라 달아나는데 한 붉은 말이 두 길이나 되는 난간을 뛰어 넘었다. 주몽이 준마인 것을 알고 가만히 바늘을 혀 밑에 꽂아 놓았다. 그 말이 혀가 아파서 물과 풀을 먹지 못하여 심히 야위었다. 왕이 말 목장을 수행하여 여러 말이 모두 살찐 것을 보고 크게 기뻐하여 야윈 말을 주몽에게 주었다. 주몽이 이 말을 얻어 그 바늘을 뽑고 다시 먹이를 주었다.

기모왈 차오지소이일야부심야 오문사지섭장도자 수빙준족 오
「其母曰 此吾之所以日夜腐心也 吾聞士之涉長途者 須憑駿足 吾
능택마의 수왕마목 즉이장편란추 군마개경주 일준마도과이장지
能擇馬矣 遂往馬牧 卽以長鞭亂捶 群馬皆驚走 一騂馬跳過二丈之
란 주몽지마준일 잠이침추마설근 기마설통 불식수초 심유췌 왕
欄 朱蒙知馬駿逸 潛以針捶馬舌根 其馬舌痛 不食水草 甚瘦悴 王
순행마목견군마실비 대희 잉이유석주몽 주몽득지 발기침가위운
巡行馬牧見群馬悉肥 大喜 仍以瘦錫朱蒙 朱蒙得之 拔其針加餧云」

암결삼현반
暗結三賢友　세 사람이 어진 벗을 맺으니

기인공다지
其人共多智　그 사람들이 모두 지혜가 많았다.

오이(烏伊), 마리(摩離), 합부(陜父) 등 세 사람이었다.

오이마리합부등삼인
「烏伊摩離陜父等三人」

남행지엄체
南行至淹滯　남으로 향하여 엄체수(淹滯水)에 이르니

한 이름은 개사수(蓋斯水)인데 지금의 압록강(鴨綠江) 동북쪽에 있다.

일명개사수 재금압록동북
「一名蓋斯水 在今鴨綠東北」

욕도무주의
欲渡無舟艤　건너려 하니 배가 없었다.

건너려 하니 배가 없고 쫓는 군사가 이곳까지 당도할까 두려워하여 채찍으로 하늘을 가리키며 개연히 탄식하기를 「천제의 손자요, 하백의 외손인데 지금 난(亂)을 피하여 여기에 이르렀으니 황천(皇天)과 후토(后土)는 나 고자(孤子)를 불쌍히 여기어 속히 배와 다리를 주소서」 말이 끝나자마자 활로 물을 치니 고기와 자라가 떠올려 다리를 이루어 주니 주몽이 건넜다. 잠시 후 쫓는 군사가 이르렀다.

욕도무주 공추병엄급 내이책지천 개연탄왈 아천제지손 하백
「欲渡無舟 恐追兵奄及 迺以策指天 慨然嘆曰 我天帝之孫 河伯
지생 금피이지차 황천후토련아고자 속치주교 언흘이궁타수 어별
之甥 今避離至此 皇天后土憐我孤子 速致舟橋 言訖以弓打水 魚鼈
부출성교 주몽내득도 양구추병지야
浮出成橋 朱蒙乃得渡 良久追兵至也」

병책지피창 秉策指彼蒼	채찍을 잡고 저 하늘을 가리키며
개연발장위 慨然發長喟	개연히 긴 탄식을 한다.
천손하백생 天孫河伯甥	「천제(天帝)의 손자 하백(河伯)의 외손이
피난지어차 避難至於此	난을 피하여 여기에 이르렀으니
애애고자심 哀哀孤子心	고자(孤子)를 불쌍히 여기는 마음으로
천지기인기 天地其忍棄	황천후토가 참아 버리겠습니까?」
조궁타하수 操弓打河水	활을 잡아 하수(河水)를 치니
어별병수미 魚鼈騈首尾	고기와 자라 머리와 꼬리를 나란히 하여

흘 연 성 교 제
屹然成橋梯　　높게 다리가 이루어지니

시 내 득 도 의
始乃得渡矣　　비로소 건널 수 있었다.

아 이 추 병 지
俄爾追兵至　　얼마 후에 쫓는 군사들이 이르러

상 교 교 선 비
上橋橋旋圮　　다리에 오르니 다리가 곧 무너졌다.

쫓는 군사가 하수(河水)에 이르니 고기와 자라들의 다리가 곧 사라졌다. 이미 다리에 오른 자는 모두 빠져 죽었다.

추 병 지 하　어 별 교 즉 멸　이 상 교 자　개 몰 사
「追兵至河 魚鼈橋卽滅 已上橋者 皆沒死」

쌍 구 함 맥 비
雙鳩含麥飛　　한 쌍 비둘기 보리를 물고 날아

내 작 신 모 사
來作神母使　　신모(神母)의 사자가 되어 왔다.

주몽이 작별하고자 하나 차마 떠나지 못하는 것을 보고 어머니가 말하기를 「너는 어미 때문에 걱정하지 말라」 하고 오곡(五穀) 종자를 싸주어 보내었다. 주몽이 이별하는 마음 자연히 간절하여 보리 종자를 잊었다. 주몽이 큰 나무 밑에서 쉬는데 비둘기 쌍쌍이 모여 들었다. 주몽이 말하기를 「아마도 신모(神母)께서 보리 종자를 보낸 것이리라」 하고 한 화살에 모두 떨어뜨리어 목구멍을 벌리게 하여 보리 종자를 찾고 물을 비둘기에게 뿜으니 살아나서 날아갔다 하였다.

주몽임별 불인규위 기모왈 여물이일모위념 내이오곡종이송지
「朱蒙臨別 不忍睽違 其母曰 汝勿以一母爲念 乃裹五穀種以送之
주몽자절생별지심 망기맥자 주몽식대수지하 유쌍구래집 주몽왈
朱蒙自切生別之心 忘其麥子 朱蒙息大樹之下 有雙鳩來集 朱蒙曰
응시신모사송맥자 내인궁사지 일시구거 개후득맥자 이수분구 경
應是神母使送麥子 乃引弓射之 一矢俱擧 開喉得麥子 以水噴鳩 更
소이비거운운
蘇而飛去云云」

형승개왕도
形勝開王都 형승(形勝)의 땅에 왕도를 여니

출천울죄규
出川鬱嶵巋 산천이 울창하고 우뚝하였다.

자연비절상
自然茀蕝上 자연의 띠 자리 위에

약정군신위
略定君臣位 대강 군신(君臣)의 자리를 정하였다.

왕이 스스로 띠를 묶어 표한 자리 위에 앉아서 대강 임금과 신하의 위를 정하였다.

왕자좌불절지상 약정군신지위
「王自坐茀蕝之上 略定君臣之位」

돌재비류왕
咄哉沸流王 딱하다 비류왕(沸流王)이

하내불자규
何奈不自揆 어째서 스스로 헤아리지 못 하였던고

고긍선인후
苦矜仙人後 굳이 선인(仙人)의 후예인 것만 자긍하고

미식제손귀
未識帝孫貴 천제(天帝) 손자(孫子)의 존귀함은 알지 못하였다.

종욕위부용
從欲爲附庸 한갓 부용국(附庸國)으로만 삼으려 하여

출어불신사
出語不愼葸　말하는 것 조심하고 겁내는 것도 없었다.

미중획녹제
未中畫鹿臍　그런 사슴의 배꼽을 맞추지 못하고

경아도옥지
驚我倒玉指　우리 옥지환(玉指環) 깨치는데 놀랐다.

비류왕(沸流王) 송양(松讓)이 사냥 나왔다가 왕의 용모가 비상함을 보고 데리고 와서 함께 앉아서 말하기를,

「바닷가에 치우쳐 있어 일찍이 군자(君子)를 만나보지 못하였더니 오늘 우연히 만났으니 얼마나 다행한 일인가? 그대는 어떤 사람이며 어디에서 왔는가?」

하였다. 왕이 대답하기를,

「과인은 천제의 손자요, 서쪽 나라의 임금이다. 감히 묻노니 군왕은 누구의 뒤를 이었는가?」

하였다. 송양이 말하기를,

「나는 선인의 후예인데 여러 대 왕 노릇을 하였다. 지금 이곳 지방이 너무 좁아서 나누어 두 왕이 될 수 없고 그대는 나라를 만든 지가 얼마 되지 않았으니 나의 부속국이 되는 것이 좋을 것이다.」

하였다. 왕이 말하기를,

「과인이 하늘의 뒤를 이었지마는 지금 왕은 신(神)의 자손도 아니면서 억지로 왕이라 칭호 하니 만일 내게 복종하지 않으면 하늘이 반드시 죽일 것이다.」

하였다. 송양은 왕이 여러 번 천제의 손자라고 자칭하는 것을 듣고 마음속으로 의심을 품어 그 재주를 시험하려 하여 말하기를,

「왕과 함께 쏘기를 바란다.」

하고 그런 사슴을 백보 안에 세워 놓고 쏘았으나 그 화살이 사슴 배꼽에 들어가지 못하니 오히려 도수(倒手)같이 여겼다. 왕이 사람을 시켜 옥가락지를 백보 밖에 달아 놓고 쏘니 깨치기를 기와 부수듯 하니 송양이 크게 놀랐다.

비류왕송양출엽 견왕용모비상 인이여좌왈 벽재해우 미회득견
「沸流王松讓出獵 見王容貌非常 引而與坐曰 僻在海隅 未會得見
군자 금일해후 하기행호 군시하인 종하이지 왕왈 과인제지손 서
君子 今日邂逅 何其幸乎 君是何人 從何而至 王曰 寡人帝之孫 西
국지왕야 감문군왕계수지후 양왈 예시선인지후 누세위왕 금지방
國之王也 敢問君王繼誰之後 讓曰 豫是仙人之後 累世爲王 今地方
지소 불가분위양왕 군조국일천 위아부용가호 왕왈 과인계천지후
至小 不可分爲兩王 君造國日淺 爲我附庸可乎 王曰 寡人繼天之後
금왕비신지위 강호위왕 약불귀아 천필극지 송양이왕누칭천손 내
今王非神之胃 强號爲王 若不歸我 天必殛之 松讓以王累稱天孫 內
자회의 욕시기재 내왈 원여왕사의 이획녹치백보내 사지 기시불
自懷疑 欲試其才 乃曰 願與王射矣 以畫鹿寘百步內 射之 其矢不
입녹제 유여도수 왕사인이옥지환현어백보지외 사지 파여와해 송
入鹿臍 猶如倒手 王使人以玉指環懸於百步之外 射之 破如瓦解 松
양대경 운운
讓大驚 云云」

내관고각변
來觀鼓角變 고각(鼓角)이 변모한 것을 와서 보고
불감칭아기
不敢稱我器 감히 내 그릇이라고 말하지 못하였다.

왕이 말하기를,

「나라의 업이 새로 창조되었으므로 고각(鼓角)의 위의(威儀)가 없

어서 비류(沸流)의 사자가 왕래할 때에 내가 왕의 예로 맞고 보내지 못하니 그 때문에 나를 가볍게 여기는 것이라.」

하였다. 시종하는 신하 부분노(扶芬奴)가 앞에 나와 말하기를,

「신(臣)이 대왕을 위하여 비류(沸流)의 북을 가져 오리다.」

하였다. 왕이 말하기를,

「다른 나라에 감추어 둔 물건을 네가 어떻게 가져오겠는가?」

하였다. 대답하기를,

「이것은 하늘이 준 물건인데 왜 취하지 않겠습니까? 대왕이 부여에서 곤욕을 당할 때에 누가 대왕이 여기에 이르리라고 생각하였겠습니까? 지금 대왕이 만 번 죽을 위태로운 땅에서 몸을 빠져 나와 요좌(遼左)에 이름을 날리니 이것은 천제가 명령하여 하는 것입니다. 어떤 일을 이루지 못하겠습니까?」

하였다. 이에 부분노(扶芬奴) 등 세 사람이 비류(沸流)에 가서 북을 가지고 왔다. 비류왕(沸流王)이 사자를 보내어 고하기를,

「운운」

하였다. 왕이 고각(鼓角)을 와서 볼까 두려워하여 빛깔을 오래된 것같이 컴컴하게 만들어 놓았다. 송양이 감히 다투지 못하고 돌아갔다.

왕왈 이국업신조 미유고각위의 비류사자왕래 아불능이왕예영
「王曰 以國業新造 未有鼓角威儀 沸流使者往來 我不能以王禮迎

송 소이경아야 종신부분노진왈 신위대왕 취비류고 왈 타국장물
送 所以輕我也 從臣扶芬奴進曰 臣爲大王 取沸流鼓 曰 他國臟物

여하취호 대왈 차천지여물 하위불취호 부대왕곤어부여 수위대왕
汝何取乎 對曰 此天之與物 何爲不取乎 夫大王困於扶余 誰謂大王

능지차 금대왕분신어만사지위 양명어요좌 차천제명이위지 하사
能至此 今大王奮身於萬死之危 揚名於遼左 此天帝命而爲之 何事

불성 어시부분노 등삼인 왕비류취고이래 비류왕견사고왈 운운
不成 於是扶芬奴 等三人 往沸流取鼓而來 沸流王遣使告曰 云云

왕공내관고각색암여고 송양불감쟁이거
王恐來觀鼓角色暗如故 松讓不敢爭而去」

내관옥주고
來觀屋柱故　　집 기둥이 묵은 것을 와서 보고

작설환자괴
咋舌還自愧　　혀를 깨물고 도리어 부끄러워했다.

송양이 도읍을 세운 선후(先後)로 부용국(附庸國)을 정하려 하고 왕이 궁실을 짓는데 썩은 나무로 기둥을 삼으니 천 년이나 묵은 것 같이 되었다. 송양이 와서 보고 마침내 도읍을 세운 선후를 감히 다투지 못했다.

송양욕이입도선후 위부용 왕조궁실 이후목위주 고여천세 송
「松讓欲以立都先後 爲附庸 王造宮室 以朽木爲柱 故如千歲 松

양내견 의불감쟁입도선후
讓來見 意不敢爭立都先後」

동명서수시
東明西狩時　　동명왕(東明王)이 서쪽으로 순수(巡狩)할 때

우획설색궤
偶獲雪色麂　　문득 눈빛 고라니를 얻었다.

큰 사슴을 고라니(麂)라고 한다.

대록왈궤
「大鹿曰麂」

도현해원상 倒懸蟹原上	격원(骼原) 위에 거꾸로 달아매고
감자주이위 敢自呪而謂	저주(咀呪)하여 이르기를
천하우비류 天下雨沸流	「하늘이 비류(沸流)에 비를 나려
표몰기도비 漂沒其都鄙	그 도성과 변지(邊地)를 표몰(漂沒)시키지 않으면
아고불여방 我固不汝放	내가 너를 놓아주지 않으리니
여가조아치 汝可助我憤	너는 내 분함을 풀어다오」
녹명성심애 鹿鳴聲甚哀	사슴이 우는 소리 심히 슬퍼
상철천지이 上徹天之耳	위로 천제(天帝)의 귀에 사무쳤다.
임우주칠일 霖雨注七日	장맛비가 7일간 퍼부어
패약경회사 霈若傾淮泗	주룩주룩 회수(淮水) 사수(泗水)를 기울이는 듯
송양심우구 松讓甚憂懼	송양이 심히 근심하고 두려워하여
연류만횡위 沿流謾橫葦	흐르는 물 따라 부질없이 갈대 밧줄을 가로 뻗치었다.
사민경래반 士民競來攀	백성들이 다투어 와서 밧줄을 잡아당겨
유한상악이 流汗相顎眙	땀을 흘리며 서로 쳐다보았다.
동명즉이편 東明卽以鞭	동명왕(東明王)이 곧 채찍을 들어

획 수 수 정 비
畫水水停沸　　물을 그으니 물이 멈추었다.

송 양 거 국 강
松讓擧國降　　송양이 나라를 들어 항복하고

시 후 막 예 자
是後莫豫訾　　그 후에는 다시 헐뜯지 못하였다.

서쪽으로 순행하다가 흰 사슴을 얻었다. 해원(蟹原)에 거꾸로 달아매고 저주하여 말하기를 「하늘이 만일 비를 내리어 비류왕의 도읍을 떠나보내고 침몰하게 하지 않으면 내가 너를 놓아주지 않을 것이니 이 난을 면하려거든 네가 하늘께 하소하라」 하였다. 그 사슴이 슬피 우니 소리가 하늘에 사무쳤다. 장맛비가 7일을 퍼부어 송양의 도읍을 표몰(漂沒)시켰다. 송양이 갈대 밧줄로 강을 횡단하고 오리 말을 타고 백성들은 모두 그 밧줄을 잡아 당기었다. 주몽이 채찍으로 물을 그으니 물이 곧 줄어들었다. 6월에 송양이 나라에 들어와서 항복하였다. 운운

서수획백록 도현어해원주왈 천약불우이표몰비류왕도자 아고
「西狩獲白鹿 倒懸於蟹原呪曰 天若不雨而漂沒沸流王都者 我固

불여방의 욕면사난 여능소천 기녹애명 성철우천 상우칠일 표몰
不汝放矣 欲免斯難 汝能訴天 其鹿哀鳴 聲徹于天 霖雨七日 漂沒

송양도 왕이위삭횡류 승압마 백성개집기삭 주몽이편획수 수랑멸
松讓都 王以葦索橫流 乘鴨馬 百姓皆執其索 朱蒙以鞭畫水 水郎滅

육월송양거국내강운운
六月松讓擧國來降云云」

현 운 막 골 령
玄雲幕鶻嶺　　검은 구름이 골령(鶻嶺)을 덮어

불 견 산 리 이
不見山邐迤　산이 연하여 뻗친 것이 보이지 않고

유 인 수 천 허
有人數千許　수천 명 사람의 소리가 들려

단 목 성 방 불
斷木聲髣髴　나무 베는 소리를 방불케 하였다.

왕 왈 천 위 아
王曰天爲我　왕이 말하기를 하늘이 나를 위하여

축 성 어 기 지
築城於其址　그 터에 성을 쌓는 것이다.

홀 연 운 무 산
忽然雲霧散　홀연히 운무(雲霧)가 흩어지니

궁 궐 고 류 외
宮闕高嵲嵬　궁궐이 높이 우뚝 솟았다.

7월에 검은 구름이 골령(鶻嶺)에 일어나서 사람들이 그 산은 보지 못하고 오직 수천 명 사람의 소리가 토목 공사를 하는 것 같이 들렸다. 왕이 말하기를, 하늘이 나를 위하여 성을 쌓는 것이라 하였다. 7일 만에 운무가 걷히니 성곽과 궁실과 누대가 저절로 이루어졌다. 왕이 황천(皇天)께 절을 하고 나아가 살았다.

칠 월 현 운 기 골 령　인 불 견 기 산　유 문 수 천 인 성　이 기 토 공　왕 왈 천 위
「七月玄雲起鶻嶺 人不見其山 唯聞數千人聲 以起土功 王曰天爲
아 축 성　칠 일 운 무 자 산　성 곽 궁 대 자 연 성　왕 배 황 천 취 거
我築城 七日雲霧自散 城郭宮臺自然成 王拜皇天就居」

재 위 십 구 년
在位十九年　왕위(王位)에 있는지 19년 만에

승 천 불 하 리
升天不下莅　하늘에 오르고 내려오지 않았다.

가을 9월에 왕이 하늘에 오르고 내려오지 않았는데 그때에 나이 40세였다. 태자가 왕이 남긴 옥 채찍으로 용산(龍山)에 장사지내었다. 운운

추구월왕승천불하 시연사십 태자이소견옥편 장어용산 운운
「秋九月王升天不下 時年四十 太子以所遣玉鞭 葬於龍山 云云」

숙당유기절
淑黨有奇節 뜻이 크고 기이한 절개가 있으니

원자왈유리
元子曰類利 맏아들의 이름은 유리(類利)

득검계부위
得劍繼父位 칼을 얻어 부왕의 위를 이었고

새분지인리
塞盆止人詈 동이에 구멍을 막으니 부녀자의 꾸지람이 사라졌다.

유리(類利)가 어릴 때부터 기이한 절개가 있었다. 운운, 소년 때에 참새를 쏘는 것으로 업을 삼았는데 한 부인이 물동이를 이고 가는 것을 보고 쏘아서 뚫었다. 그 여자가 노하며 꾸짖어 말하기를,

「아비도 없는 자식이 내 물동이를 쏘아 깨쳤다.」

하였다. 유리가 크게 부끄러워하여 진흙 탄환으로 퉁기어 동이구멍을 전과 같이 막았다. 집에 돌아와서 어머니에게 묻기를,

「내 아버지가 누구입니까?」

하였다. 어머니는 유리가 나이가 어리기 때문에 희롱하여 말하기를,

「너는 일정한 아버지가 없다.」

하였다. 유리가 울며 말하기를,

「사람이 정한 아비가 없으면 장차 무슨 면목으로 사람을 보겠습

니까?」
하고 드디어 스스로 목을 찌르려 하였다. 어머니가 깜짝 놀라서 말리며 말하기를,
「아까 한 말은 농으로 한 말이다. 너의 아버지는 천제의 손자요, 하백의 외손자인데 부여의 신하되는 것을 원망하며 도망하여 남쪽 땅으로 가서 처음으로 국가를 만들었으니 네가 가 보겠느냐?」
하였다. 대답하기를,
「아비는 임금이 되고 자식은 신하가 되었으니 내가 비록 재주는 없으나 어찌 부끄럽지 않겠습니까?」
하였다. 어머니가 말하기를,
「너의 아버지가 갈 때에 말을 하기를 내가 칠령(七嶺) 칠곡(七谷) 돌 위 소나무에 물건을 감춘 것이 있으니 이 물건을 얻는 자는 나의 자식이라 하였느니라.」
하였다. 유리가 스스로 산골짜기에 가서 찾다가 얻지 못하여 지쳐서 돌아왔다. 유리가 당 앞에 있는 기둥에서 슬픈 소리가 나는 것을 듣고 보니 그 기둥이 곧 돌 위의 소나무이고 나무의 체제가 일곱 모서리가 있었다. 유리가 스스로 해득하기를 칠령 칠곡이라는 것은 일곱 모서리이고 돌 위 소나무라는 것은 기둥이다 하고 일어나 가서 보니 기둥 위에 구멍이 있었다. 그 구멍에서 부러진 칼끝 한 조각을 얻고 크게 기뻐하였다. 전한(前漢) 홍가(鴻嘉) 4년 여름 4월에 고구려로 도망하여 칼 한 조각을 왕께 받들어 올리니 왕이 자기가 가지고 있는 부러진 칼 한 조각을 꺼내어 합하였다. 피가 나오면서 한 칼이 되었다. 왕이 유리에게 말하기를,

「너는 진실로 내 자식이다. 무슨 신성(神聖)한 것이 있겠는가?」 하였다. 유리가 소리를 지르면서 몸을 공중으로 솟아 창구멍으로 새어 들어오는 햇빛을 타니 그 신성함과 이상함을 보였다. 왕이 크게 기뻐하여 세워서 태자를 삼았다.

유리소유기절운운 소이탄작위업 견일부대수분 탄파지 기녀노
「類利少有奇節云云 少以彈雀爲業 見一婦戴水盆 彈破之 其女怒
이리왈 무부지아 탄파아분 유리대참 이니환탄지 새분공여고 귀
而詈曰 無父之兒 彈破我盆 類利大慙 以泥丸彈之 塞盆孔如故 歸
가문모왈 아부시수 모이유리연소 희지왈 여무정부 유리읍왈 인
家問母曰 我父是誰 母以類利年少 戲之曰 汝無定父 類利泣曰 人
무정부 장하면목견인호 수욕자문 모대경지지왈 전언희이 여부시
無定父 將何面目見人乎 遂欲自刎 母大驚止之曰 前言戲耳 汝父是
천제손하백생 원위부여지신 도왕남토 시조국가 여왕견지호 대왈
天帝孫河伯甥 怨爲夫餘之臣 逃往南土 始造國家 汝往見之乎 對曰
부위인군 자위인신 오수불재 기불괴호 모왈여부 거시유언 오유
父爲人君 子爲人臣 吾雖不才 豈不愧乎 母曰汝父 去時有言 吾有
장물 칠령칠곡석상지송 능득차자 내오지자야 유리자득산곡 수구
藏物 七嶺七谷石上之松 能得此者 乃吾之子也 類利自得山谷 搜求
불득 피권이환 유리문당주유비성 기주내석상지송 목체유능 유리
不得 疲倦而還 類利聞堂柱有悲聲 其柱乃石上之松 木體有稜 類利
자해지왈 칠령칠곡자칠능자 석상송자주야 기이취시지 주상유공
自解之曰 七嶺七谷者七稜者 石上松者柱也 起而就視之 柱上有孔
득훼검일편 대희 전한홍가사년하사월 분고구려 이검일편 봉지어
得毁劍一片 大喜 前漢鴻嘉四年夏四月 奔高句麗 以劍一片 奉之於
왕 왕출소유훼검일편지합 혈출연위일검 왕위유리왈 여실아자 유
王 王出所有毁劍一片之合 血出連爲一劍 王謂類利曰 汝實我子 有
하신성호 유리응성거신용공 승용중일 시기신성지이 왕대열 입
何神聖乎 類利應聲擧身聳空 乘牖中日 示其神聖之異 王大悅 立
위태자
爲太子」

아 성 본 질 목
我性本質木　　내 성품이 본래 진실하고 소박하여

성 불 희 기 궤
性不喜奇詭　　기이하고 괴상한 것을 좋아하지 않는다.

초 간 동 명 사
初看東明事　　처음 동명왕(東明王)의 일을 보고

의 환 우 의 귀
疑幻又疑鬼　　요술인가 귀신인가 의심하였다.

서 서 점 상 섭
徐徐漸相涉　　서서히 섭렵(涉獵)하여 보니

변 화 난 의 의
變化難擬議　　변화가 추측하고 의논하기 어려웠다.

황 시 직 필 문
況是直筆文　　하물며 직필로 쓴 글이라

일 자 무 허 자
一字無虛字　　한 글자도 헛된 것이 없다.

신 재 우 신 재
神哉又神哉　　신이하고 또 신이하다.

만 세 지 소 위
萬世之所韙　　만세에 아름다운 일이로다.

인 사 초 창 군
因思草創君　　인하여 생각건대 창업하는 임금이

비 성 즉 하 이
非聖卽何以　　성신이 아니면 어찌 이루리?

유 온 식 대 택
劉媼息大澤　　유씨 여자가 큰 못에서 쉬다가

우 신 어 몽 매
遇神於夢寐　　꿈에 신(神)을 만났다.

뇌 뢰 새 회 명
雷雷塞晦瞑　　우레 번개에 천지가 캄캄한데

교 룡 반 괴 귀
蛟龍盤怪傀　　교룡(蛟龍)이 괴이하게 서리었다.

인 지 즉 유 신
因之卽有娠　　인하여 잉태하니

내생성유계
乃生聖劉季　성신한 유계(劉季)를 낳았다.

시유적제자
是惟赤帝子　이것이 적제(赤帝)의 아들

기흥다수조
其興多殊祚　일어남에 특이한 부조가 많았다.

세조시생시
世祖始生時　세조(世祖)가 처음 날 때에

만실광병위
滿室光炳煒　광명한 빛이 집안에 가득하였다.

자응적복부
自應赤伏符　스스로 적복부(赤伏符)에 응하여

소제황건위
掃除黃巾僞　황건적(黃巾賊)을 쓸어버렸다.

자고제왕흥
自古帝王興　예로부터 제왕이 일어나려면

징서분울울
徵瑞紛蔚蔚　많은 징조와 상서가 있었다.

미사다태황
末嗣多怠荒　마지막 자손이 게으르고 거칠음이 많아,

공절선왕사
共絶先王祀　모두 선왕이 제사를 끊어지게 하였다.

내지수성군
乃知守成君　이제야 알겠다. 수성(守成)하는 임금은

집요계소차
集蓼戒小仳　신고(辛苦)한 땅에서 작은 이에 조심한다.

수위이관인
守位以寬仁　왕위를 너그럽고 어짐으로 지키고

화민유예의
化民由禮義　백성을 예와 의로 교화한다.

영영전자손
永永傳子孫　길이길이 자손에게 전하여

어국다년기
御國多年紀　많은 연대에 나라를 통치한다.

僞。自古帝王興。徵瑞紛蔚蔚。末嗣多怠荒。共絶
先王祀。乃知守成君。集蓼戒小毖。守位以寬仁。
化民由禮義。永永傳子孫。御國多年紀。

乃石上之松木。體有七稜。類利自解之曰。七嶺
七谷者。七稜也。石上松者。柱也。起而就視之。柱
上有孔。得毁劒一片。大喜。前漢鴻嘉四年夏四
月。奔高句麗。以劒一片。奉之於王。王出所有毁
劒一片合之。血出連爲一劒。王謂類利曰。汝實
我子。有何神聖乎。類利應聲。擧身聳空。乘牖中
日。示其神聖之異。王大悅。立爲太子。我性本質木。性不喜奇詭。初
看東明事。疑幻又疑鬼。徐徐漸相涉。變化難擬
議。況是直筆文。一字無虛字。神哉又神哉。萬世
之所韙。因思草創君。非聖卽何以。劉媼息大澤。
遇神於夢寐。雷電塞晦暝。蛟龍盤怪傀。因之卽
有娠。乃生聖劉季。是惟赤帝子。其興多殊祚。世
祖始生時。滿室光炳煒。自應赤伏符。掃除黃巾

其趾忽然雲霧散宮闕高嵂嵬七月玄雲起鶻嶺人不見其山
唯聞數千人聲以起土功王曰天爲我築城七日雲霧自散城郭宮臺自然成王拜皇天就居
在位十九年升天不下莅秋九月王升天不下時年四十太子以所
遺玉鞭葬於龍山云云
俶儻有奇節元子曰類利得劒繼
父位塞盆止人詈類利少有奇節云云少以彈雀爲業見一婦戴水盆彈破
之其女怒而詈曰無父之兒彈破我盆類利大慚以泥丸彈之塞盆孔如故歸家問母曰我父
是誰母以類利年少戲之曰汝無定父類利泣曰人無定父將何面目見人乎遂欲自刎母大
驚止之曰前言戲耳汝父是天帝孫河伯甥怨爲扶餘之臣逃往南土始造國家汝往見之乎
對曰父爲人君子爲人臣吾雖不才豈不愧乎母曰汝父去時有遺言吾有藏物七嶺七谷石
上之松能得此者乃我之子也類利自往山谷搜求不得疲倦而還類利聞堂柱有悲聲其柱

來見。竟不敢爭立都先後。東明西狩時。偶獲雪色麂。(大鹿曰麂)倒懸蟹原上。敢自呪而謂。天不雨沸流。漂沒其都鄙。我固不汝放。汝可助我憤。鹿鳴聲甚哀。上徹天之耳。霖雨注七日。霈若傾淮泗。松讓甚憂懼。沿流謾橫葦。士民競來攀。流汗相睽眙。東明即以鞭。畫水水停沸。松讓擧國降。是後莫予訾。(西狩獲白鹿。倒懸於蟹原。呪曰。天若不雨而漂沒沸流王都者。我固不汝放矣。欲免斯難。汝能訴天。其鹿哀鳴。聲徹于天。霖雨七日。漂沒松讓都。王以葦索橫流。乘鴨馬。百姓皆執其索。朱蒙以鞭畫水。水即減。六月。松讓擧國來降云云。)玄雲冪鶻嶺。不見山邐迤。有人數千許。斲木聲髣髴。王曰天爲我。築城於之孫。西國之王也。敢問君王繼誰之後。讓曰。予是仙人之後。累世爲王。今地方至小。不可分爲兩王。君造國日淺。爲我附庸可乎。王曰。寡人繼天之後。今主非神之胄。強號爲王。若不歸我。天必殛之。松讓以王累稱天孫。內自懷疑。欲試其才。乃曰。願與王射矣。以畫鹿置百步內射之。其夫不入鹿臍。猶如倒手。王使人以王指環懸於百步之外射之。破如瓦解。松讓大驚云云

來

觀鼓角變。不敢稱我器。

王曰。以國業新造。未有鼓角威儀。沸流使者往來。我不能以王禮迎送。所以輕我也。從臣扶芬奴進曰。臣爲大王取沸流鼓角。王曰。他國藏物。汝何取乎。對曰。此天之與物。何爲不取乎。夫大王困於扶余。誰謂大王能至於此。今大王奮身於萬死之危。揚名於遼左。此天帝命而爲之。何事不成。於是扶芬奴等三人。往沸流取鼓而來。沸流王遣使告曰云云。王恐來觀鼓角。色暗如故。松讓不敢爭而去。

來觀屋柱故。

咋舌還自愧。

松讓欲以立都先後爲附庸。王造宮室。以朽木爲柱。故如千歲。松讓

河水魚鼈駢。首尾屹。然成橋梯。始乃得渡矣。爾追兵至。上橋橋旋圮。追兵至河。魚鼈橋即滅。已上橋者。皆沒死。雙鳩含麥飛。來作神母使。朱蒙臨別。不忍暌違。其母曰。汝勿以一母爲念。乃裹五穀種以送之。朱蒙自切生別之心。忘其麥子。朱蒙息大樹之下。有雙鳩來集。朱蒙曰。應是神母使送麥子。乃引弓射之。一矢俱擧。開喉得麥子。以水噴鳩。更蘇而飛去云云。形勝開王都。山川鬱巋巋。自坐茀絕上。略定君臣位。王自坐茀絕之上。略定君臣之位。咄哉沸流王。何奈不自揆。苦矜仙人後。未識帝孫貴。徒欲爲附庸。出語不愼葸。未中畫鹿臍。驚我倒玉指。沸流王松讓出獵。見王容貌非常。引而與坐曰。僻在海隅。未曾得見君子。今日邂逅。何其幸乎。君是何人。從何而至。王曰。寡人天帝

不日形甚癯。却與駑駘似。爾後王巡觀。予馬此
即是。得之始抽針。日夜屢加餧。其母曰此吾之所以日夜腐心
也。吾聞士之涉長途者。須憑駿足。吾能擇馬矣。遂往馬牧。即以長鞭亂捶。群馬皆驚走。一騂馬
跳過二丈之欄。朱蒙知馬駿逸。潛以針捶馬舌根。其馬舌痛不食水草。甚瘦悴。王巡行馬牧。見
群馬悉肥大喜。仍以瘦錫朱蒙。朱蒙得之。拔其針加餧云。暗結三賢友。其人
共多智。烏伊・摩離・陜父等三人。南行至淹滯。一名盖斯水。在今鴨綠東
北。欲渡無舟艤。欲渡無舟。恐追兵奄及。迺以策指天。慨然嘆曰。我天帝之孫河
伯之甥。今避難至此。皇天后土。憐我孤子。速致舟橋。言訖。以弓打水。魚鼈浮出成橋。朱蒙乃得
渡。良久追兵至。秉策指彼蒼。慨然發長喟。天孫河伯甥。
避難至於此。哀哀孤子心。天地其忍棄。操弓打

人。唯獲一鹿。朱蒙射鹿至多。王子妬之。乃執朱蒙縛樹奪鹿而去。朱蒙拔樹而去。太子帶素言於王曰。朱蒙者。神勇之士。瞻視非常。若不早圖。必有後患。王令往牧馬。欲以試厥志。自思天之孫。厮牧良可恥。捫心常竊導。吾生不如死。意將往南土。立國立城市。爲緣慈母在。離別誠未易。王使朱蒙牧馬。欲試其意。朱蒙內自懷恨。謂母曰。我是天帝之孫。爲人牧馬。生不如死。欲往南土造國家。母在不敢自專。其母云云。其母聞此言。潛然抆淸淚。汝幸勿爲念。我亦常痛痞。士之涉長途。須必憑騄駬。相將往馬閑。即以長鞭捶。群馬皆突走。一馬騂色斐。跳過二丈欄。始覺是駿驥。通典云。朱蒙所乘。皆果下也。潛以針刺舌。酸痛不受飼。

中。羣馬皆不履。棄之深山中。百獸皆擁衛。王知天帝
子妃。以別宮置之。其女懷中日曜。因以有娠。神雀四年癸亥歲夏四月。生朱蒙。啼聲甚偉。骨表
英奇。初生左腋生一卵。大如五升許。王怪之曰。人生鳥卵。可為不祥。使人置之馬牧。羣馬不踐。
棄於深山。百獸皆護。雲陰之日。卵上恒有日光。王取卵送母養之。卵終乃開。得一男。生未經月。
言語並實。母姑擧而養。經月言語始。自言蠅嗜目。臥
不能安睡。母為作弓矢。其弓不虛掎。謂母曰。羣蠅嗜目不
能睡。母為我作弓矢。其母以蓽作弓矢與之。自射紡車上蠅。發矢即中。扶余謂善射曰朱蒙。
年至漸長大。才能日漸備。扶余王太子。其心生
妬忌。乃言朱蒙者。必非常士。若不早自圖。其
患誠未已。年至長大。才能並備。金蛙有子七人。常共朱蒙遊獵。王子及從者四十餘人。

河伯責厥女。挽吻三尺強。(酒醒。取女黃金釵刺葦輿。從孔獨出升天。)
乃貶優渤中。唯與婢僕二。(河伯大怒。其女曰。汝不從我訓。終欲我門。令左右絞挽女口。其唇吻長三尺。唯與奴婢二人。貶於優渤水中。優渤澤名。今在太伯山南。)
漁師觀波中。奇獸行騃騃。乃告王金蛙。鐵網投湀湀。引得坐石女。姿貌甚堪畏。唇長不能言。三截乃啓齒。(漁師強力扶鄒告曰。近有盜梁中魚而將去者。未知何獸也。王乃使魚師以網引之。其網破裂。更造鐵網引之。始得一女坐石而出。其女唇長不能言。令三截其唇乃言。)
王知慕漱妃。仍以別宮置。懷日生朱蒙。是歲歲在癸。骨表諒最奇。啼聲亦甚偉。初生卵如升。觀者皆驚悸。王以爲不祥。此豈人之類。置之馬牧變請可試。漣漪碧波中。河伯化作鯉。王尋變爲獺。立捕不待跬。又復生兩翼。翩然化爲雉。王又化神鷹。搏擊何大鷙。彼爲鹿而走。我爲豺而趡。河伯知有神。置酒相燕喜。伺醉載革輿。幷置女於輢。車傍曰輢 意令與其女。天上同騰轡。其車未出水。酒醒忽驚起。河伯之酒七日乃醒 取女黃金釵。刺革從竅出。叶韻 獨乘赤霄上。寂寞不廻騎。河伯曰。王是天帝之子。有何神異。王曰。唯在所試。於是河伯於庭前水化爲鯉。隨浪而游。王化爲獺而捕之。河伯又化爲鹿而走。王化爲豺逐之。河伯化爲雉。王化爲鷹擊之。河伯以爲誠是天帝之子。以禮成婚。恐王無將女之心。張樂置酒。勸王大醉。與女入於小革輿中。載以龍車。欲令升天。其車未出水。王即酒大醉云云。

王時出橫遮。驚走僅顚躓。王侯三女大醉急出。遮女等驚走。長女柳花。爲王所止。

長女曰柳花。是爲王所止。河伯大怒嗔。遣使急且駛。告云渠何人。乃敢放輕肆。報云天帝子。高族請相累。指天降龍馭。徑到海宮邃。河伯大怒。遣使告曰。汝是何人。留我女乎。王報云。我是天帝之子。今欲與河伯結婚。河伯又使告曰。汝若天帝之子。於我有求昏者。當使媒云云。今輒留我女。何其失禮。王慙之。將往見河伯。不能入室。欲放其女。女旣與王定情。不肯離去。乃勸王曰。如有龍車。可到河伯之國。王指天而告。俄而五龍車從空而下。王與女乘車。風雲忽起。至其宮。

河伯乃謂王。婚姻是大事。媒贄有通法。胡奈得自恣。河伯備禮迎之。坐定。謂曰。婚姻之道。天下之通規。何爲失禮。辱我門宗云云。

君是上帝胤。神

易齊朝夕恣升降 此理復何爾 城北有青河 (青河今鴨綠江也) 河伯三女美 (長曰柳花 次曰萱花 季曰葦花) 擘出鴨頭波 往遊熊心渚 (自青河出遊熊心淵上) 鏘琅佩玉鳴 綽約顔花媚 (神姿艶麗 雜佩鏘洋 與漢皐無異) 初疑漢皐濱 復想洛水沚 王因出獵見 目送頗留意 玆非悅紛華 誠急生繼嗣 (王謂左右曰 得而爲妃 可有後胤) 三女見君來 入水尋相避 擬將作宮殿 潛候同來戲 馬撾一畫地 銅室欻然峙 錦席鋪絢明 金罇置淳旨 蹁躚果自入 對酌還徑醉 (其女見王卽入水 左右曰 大王何不作宮殿 俟女入室 當戶遮之 王以爲然 以馬鞭畫地 銅室俄成壯麗 於室中設三席 置樽酒 其女各坐其席 相勸飮

其石。有小兒金色蛙形。王曰。此天錫我令胤乎。乃收養之。名曰金蛙。立爲太子。其相阿蘭弗曰。日者天降我曰。將使吾子孫立國於此。汝其避之。東海之濱有地。號迦葉原。土宜五穀。可都也。阿蘭弗勸王移都。號東夫余。於舊都。解慕漱爲天帝子來都。

初從空中下。身乘五龍軌。從者百餘人。騎鵠紛襂襹。清樂動鏘洋。彩雲浮旖旎。

漢神雀三年壬戌歲。天帝遣太子降遊扶余王古都。號解慕漱。從天而下。乘五龍車。從者百餘人。皆騎白鵠。彩雲浮於上。音樂動雲中。止熊心山。經十餘日始下。首戴烏羽之冠。腰帶龍光之劒。

自古受命君。向是非天賜。白日下靑冥。從昔所未覩。朝居人世中。暮反天宮裡。

朝則聽事。暮卽升天。世謂之天王郞。

吾聞於古人。蒼穹之去地。二億萬八千七百八十里。梯棧躡難升。羽翮飛記之。欲使夫天下知我國本聖人之都耳。
元氣判沌渾。天皇地皇氏。十三十一頭。體貌多
奇異。其餘聖帝王。亦備載經史。女節感大星。乃
生大昊摯。女樞生顓頊。亦感瑤光暐。伏羲制牲
犧。燧人始鑽燧。生蓂高帝祥。雨粟神農瑞。青天
女媧補。洪水大禹理。黃帝將升天。胡髯龍自至。
太古淳朴時。靈聖難備記。後世漸澆漓。風俗例
汰侈。聖人間或生。神跡少所示。漢神雀三年。孟
夏斗立巳。漢神雀三年四月甲寅 海東解慕漱。眞是天之
子。本記云。夫余王解夫婁老無子。祭山川求嗣。所御馬至鯤淵。見大石流淚。王怪之。使人轉

及三復耽味。寖涉其源。非幻也。乃聖也。非
鬼也。乃神也。況國史直筆之書。豈妄傳之
哉。金公富軾重撰國史。頗略其事。意者公
以爲國史矯世之書。不可以大異之事爲
示於後世而略之耶。按唐玄宗本紀。楊貴
妃傳。並無方士升天入地之事。唯詩人白
樂天恐其事淪沒。作歌以志之。彼實荒淫
奇誕之事。猶且詠之。以示于後。矧東明之
事。非以變化神異眩惑衆目。乃實創國之
神迹。則此而不述。後將何觀。是用作詩以

東國李相國全集卷第三

古律詩

東明王篇 幷序

世多說東明王神異之事。雖愚夫騃婦。亦頗能說其事。僕嘗聞之。笑曰。先師仲尼。不語怪力亂神。此實荒唐奇詭之事。非吾曹所說。及讀魏書通典。亦載其事。然略而未詳。豈詳內略外之意耶。越癸丑四月。得舊三國史。見東明王本紀。其神異之迹。踰世之所說者。然亦初不能信之。意以爲鬼幻。

동국이상국집(東國李相國集)

권제삼(卷第三)

원본(原本)

동명왕편(東明王篇)

참고문헌

기본자료(基本資料)

이규보(李奎報) : 동국이상국집(東國李相國集)

김부식(金富軾) : 삼국사기(三國史記)

일　연(一　然) : 삼국유사(三國遺事)

이승휴(李承休) : 제왕운기(帝王韻記)

이인로(李仁老) : 파한집(破閑集)

최　자(崔　滋) : 보한집(補閑集)

정인지(鄭麟趾)外 : 고려사(高麗史)

김종서(金宗瑞)外 : 동문선(東文選)

홍만종(洪萬宗) : 시화총림(詩話叢林)

이수광(李睟光) : 지봉유설(芝峰類說)

왕　충(王　充) : 논형(論衡)

어　환(魚　豢) : 위략(魏略)

범　화(范　曄) : 후한서(後漢書)

요사렴(姚思廉) : 양서(梁書)

이연수(李延壽) : 북사(北史)

위　수(魏　收) : 위서(魏書)

영호덕분(令狐德棻) : 주서(周書)

위　징(魏　徵) : 수서(隋書)

두　우(杜　佑) : 통전(通典)

: 주림전(珠琳傳)

敍事詩東明王篇

초판 인쇄 : 2009년 8월 3일
초판 발행 : 2009년 8월 10일
저　자 : 黃淳九
발행자 : 金東求
발행처 : 명문당(1923. 10. 1 창립)
서울시 종로구 안국동 17~8
우체국 010579-01-000682
Tel (영)733-3039, 734-4798
(편)733-4748 Fax 734-9209
Homepage : www.myungmundang.net
E-mail : mmdbook1@kornet.net
등록 1977.11. 19. 제1~148호

값 12,000원
ISBN 978-89-7270-924-4 03810